AQUARIUS

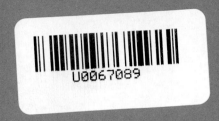

AQUARIUS

AQUARIUS

AQUARIUS

Vision

一些人物，
一些視野，
一些觀點，
與一個全新的遠景！

不再沉默
陳潔晧

抱起黑洞裡被遺忘的孩子，我向他道歉，因為我把他遺忘在這裡三十年。

1983
4
1983
5
1983
6

【推薦序】

那些年，被偷走幸福的歲月裡

◎賴芳玉（律州聯合法律事務所主持律師）

出版社寄來這本書稿，我因某種複雜情緒，把它擱在辦公桌角落，直到許多個日子後，埋在厚厚卷證、文件堆中，不復看見它，遺忘為止。

出版社不斷來電催這篇推薦文。我才又嘆口氣，請助理找出這本書稿翻閱。

其實，我很想推辭這篇文，卻又不忍心。推辭的原因是，我只要談到性侵害案件，就容易陷入被害者心中黑暗世界，難以喘息，就如作者在書中的形容：「我被黑洞所牽引，規律地圍著它打轉」；但不忍的是，作者如此勇敢地書寫倖存過程，無非希望藉由這本書協助其他被害者走到倖存之路，而我又怎能迴避這件事？

你相信作者曾經的遭遇嗎？即便你外表上表現出同情，但心中依然會懷疑，這是真的嗎？

很多人看到我處理性侵害案件時，也常狐疑地問我：「真的有性侵害案件嗎？不是騙人的嗎？」由此可見，一般人對於性侵害的理解多麼陌生遙遠。

性侵害案件，非常隱晦，報案的人不多，因被害者多數不願揭露，造成犯罪黑數高，加上密室犯案的特質，讓性侵害案件形同穿著隱形衣地存在於這社會。

你的不相信，會讓你沉默，眾多的「你」，餵養出受害者的寂寞無助。但你的沉默，已經算是仁慈了，因為有人因為不相信，甚至會用語言、鍵盤把被害者逼到生命的懸崖邊，而我竟只能說，沉默已經算是仁慈的交代了。

受害者會問，我都勇敢說出來了，你為何不相信？為何不斥責對方，反而要求我繼續沉默？

聽到這件事的人嘴上雖然不說，但心中會想著：是啊，你都沉默這麼多年了，為何不繼續沉默？你說出來，對大家有什麼好處？

作者描述家人對於他被性侵害的事反應冷漠：「**你記錯了。**」「**你太小了，不會記**

得。」「你在那裡時間沒那麼長，沒那麼嚴重。」「他們（指性侵我的人）只是教小孩太粗魯。」「被性侵是丟臉的事，不要說出去。」「我們年紀大了，身體不好。」

對於這一切，他說：

我帶著平靜的情緒與表情，跟他們說，我要離開了。離開前，我說，我要去我的房間拿一點東西。我走進我的房間，環顧四周。太太問我說要拿點什麼。

我說：「沒有，我只是要看看這裡，我住過的地方。我們之後不會再回來了。」

離開前，我跟家裡的貓咪說了再見。牠是我唯一在意的家人。

我永遠離開了這個家。

那是孤寂的控訴，畫不出圓的遺憾。

記得二〇〇八年伊斯蘭國家葉門，一個十歲女孩諾珠・阿里（Nojooud Ali）被迫嫁給一個四十歲的男人，當晚她被丈夫強暴了，歷經兩個月的婚姻生活後，她獨自一人衝進法院，說：「我要離婚！」之後在女權律師納塞（Shadha Nasser）挺身為她捍衛，並獲得媒體與女權團體協助，將她的故事揭露於世。

「如果沉默，這世界將沒有為我發聲。」作者戴樂芬妮在《我十歲，離婚》這本書下了這個標題。作者書寫這本書，讓我想起這句話。

都沉默這麼多年了，為何不繼續沉默？說出來，對大家有什麼好處？如果身為讀者的你也這麼想，那麼我也重複送上這句話，如果連被害者都沉默了，這世界可有人會為他發聲？

發聲、控訴，是被害者走向倖存者很重要的一步，那是尋求救贖的開始。不再沉默，發聲、控訴，難道就會得到家人、親友，或這社會的支持，就找回正義了嗎？

記得有位性侵害被害者在獲知她的案件遭到地檢署不起訴處分後，她說：「雖然司法不能還我公道，但至少曾為自己發聲，我努力過，也就無憾了。」發聲、控訴的過程，就是被害者對自己內心小孩的憤怒與悲傷、無助挺身而出。

面對被害者的困境，我曾經認真思考過修復式司法的可能，那是為了促使被害人的傷痛被國家重視，讓加害人認識他造成怎樣的傷害，給被害人道歉或彌補機會的制度。但修復式正義的課題，和原諒議題太接近，經常模糊了界限，讓這個制度成就與否，「幾近」建構在被害者的原諒。然而原諒不好嗎？不放下又如何開啟人生？我曾經這麼思考過。

直到有一天，有個被害者在法官勸慰著相同的原諒議題時，我看她渾身顫抖，我知道她感受到法庭的善意與同情，但她依然發抖。

她非常努力的說話，好不容易擠出幾句話：「我現在每天起床只是想該怎麼維持呼吸而已，原諒兩個字，對我太遙遠，我無法想這件事。」

我愣住，原來這麼多年了，被害者依然活得很辛苦，那一刻我才知道自己犯下的錯誤。

因此我看到書上寫著：「**我想過我平靜的生活，我有我愛的人，我有朋友，我有信心我能療癒我自己，我不需要去符合這社會無理的期待去原諒、包容一個加害人。**」

我真的聽懂了作者這句話。

最後，作者在這本書中引用了長期關注兒童創傷及其成年後生活影響的心理學家愛麗絲．米勒（Alice Miller）所提出「知情見證者」，形容他太太是對於他走向倖存之路上，很重要的第一人。

作者在太太身上找到了愛與支持，讓他的倖存之路，得到了祝福，也讓那些年曾經遺忘的幸福歲月裡，照出如今倖存者的剪影。

正因為如此，有了這本書，宣告著他不再沉默，他是倖存者。

目錄
Contents

不再沉默

目錄
Contents

一、回憶：苦難的開始

一、回憶：苦難的開始

我三歲的時候被四個人性侵。我被迫和性侵我的人住在一起三年，直到五歲，才脫離他們掌控。我決定要面對這些黑暗的回憶。我要站在我成長的土地上，擊敗我的過去。無論它多恐怖、多荒謬、多不堪，我要凝視著它，正面迎戰它。

遺棄

三歲時，媽媽帶我到奶媽家，並告知我，他們要搬到新家。當時陪著我的，只有

不再沉默

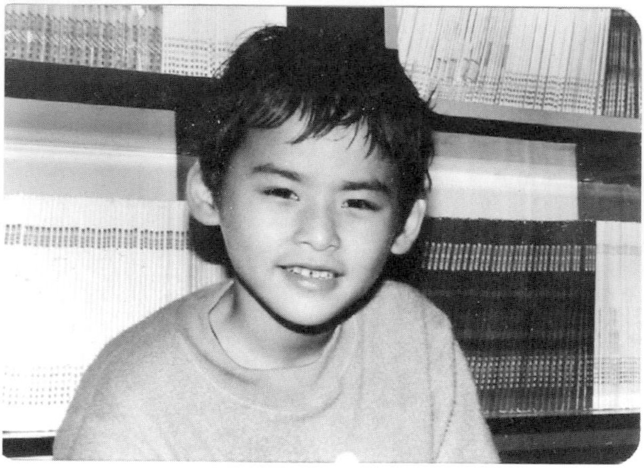

這是我能找到，唯一一張小時候有笑容的照片。

一個娃娃和一個奶嘴。然後媽媽就留我一個人在那個家庭，度過了三年。

剛住到奶媽家時，我並沒有那麼害怕他們。但是隨著時間過去，我的父母越來越少來看我，我和奶媽家的人的關係，也越來越緊張與僵硬。

我們家本來和奶媽家是住在同一條巷子裡。當我知道父母要搬新家，我因為很怕被單獨留下來，所以就一直跟媽媽說，我要一起去新家。我父母說我三歲才會說話，但我剛學會說話時，就帶著焦慮的心情，不斷重複著同一句話：「我要去新家。」

直到某一天，他們就突然靜靜地搬走了。他們沒有帶我走，也沒有告訴我為什麼。我會盯著舊家門口一整天，等著家人來接我走。但我沒等到，只有黃昏時被帶回奶媽家。

我在奶媽家門外哭，一心仍等著媽媽來帶我走。

奶媽對我說：「你父母不要你了啦。你是奶媽家的人啦。」

我不相信。

我繼續等待，繼續等待，但父母就是沒有來帶我走。

我的伯父（父親的哥哥）有一次來奶媽家，他帶我去父母的新家。原來父母在另一個社區買了一戶新家，不但有新家具，還有爸爸的大書房。我充滿了羨慕，問我可不可以留下來。沒有人回答。伯父當天便把我帶回奶媽家。

性玩具

奶媽、奶爸與他們的兒子和女兒性侵我，將我作為他們的性玩具。

我記得一開始的時候，奶媽會在床上撫摸我的陰莖。那時候，我並沒有感覺到害怕，只是覺得很舒服，而且很想「小便」。奶媽跟我說，「尿」在床上沒關係，但我覺得尿尿在床上，很丟臉，所以我就跑到廁所的地板上，對著排水口，準備「小便」，但是等很久都尿不出來，這讓我覺得很困惑。

奶媽說，這是我和她之間的祕密，不能告訴別人。

奶媽、奶爸有時候會在深夜時把我搖醒，他們把我放在小板凳上，要我睜開眼睛，看著他們在床上激烈地做愛。那時候，我不知道他們在做什麼。我不想看，閉著眼睛，假裝睡覺。奶媽會來把我搖醒。有時候，奶媽會因為我不合作，而打我、捏我。

有一次，晚上睡覺時，奶爸露出他的陰莖，要我舔它。奶媽叫我趕快照著做，我不願意，奶媽就打我肩膀。我縮成一團，像烏龜一樣。我肌肉僵硬，怕他們隨時要再打我。驚恐之中，我聽到奶爸說，算了，別人的小孩子不要勉強。我一直保持著肌肉僵硬，縮成一團的姿勢，完全不敢亂動。

不知道過了多久，我才睡著。等我醒來時，已經是中午。我發現我的娃娃和奶嘴不見了，我跑去問奶媽。奶媽說，因為我不聽話，為了懲罰我，所以她把娃娃和奶嘴都丟掉了。

奶爸會在我面前，把手伸進奶媽的褲子裡，摸她的下體，發出沙沙的聲音。奶爸問我，「想不想知道有什麼在裡面？想找找看嗎？」奶媽也要我摸她下體。我摸到黏黏滑滑的東西，感覺很噁心，想把手抽出來，但她牢牢地抓著我的手，要我繼續撫摸她下體。他們每次在做完這些以後，就會互相說：「他太小了。他會不記得。」

他們常恐嚇我：「如果你敢說出去的話，我們就把你的嘴巴用釘書機釘起來。」後來，在半夜，當他們要求我加入他們的性活動時，我會把自己的身體，像烏龜一樣蜷起來。我以一個小孩的意志和他們的性慾望抵抗，他們會很生氣，接著，我會感覺到自己的背上、手臂上都有針刺般的痛楚。因為他們正在用力捏我。

這種感覺，三十年來，時常在我的惡夢裡不斷重現。

有一次，父母來看我，然後離開。我覺得很難過，哭了很久很久。我抱著奶媽，哭到喘不過氣。奶媽當下在奶爸及所有兒女面前，拉起衣服，露出乳房，說：「三歲還哭，以為自己還是嬰兒嗎？那麼要不要吸奶？」

我當時被嚇到，趕快從她身上跳下來，再找地方躲起來。

口交

我很怕奶媽、奶爸，所以有時候會躲到他們小孩的房間，不敢出來。當時奶媽奶爸的小女兒和小兒子大約十五、六歲，都正在準備考聯考。

這時候，奶媽會很兇，不許我吵他們讀書。我只好不發出任何聲音，靜靜地躲在奶媽小女兒的桌子下。奶媽的小女兒會讓我躲，不過，需要交換條件。

小女兒會掀開短褲，露出她已經長毛的下體，問我：「想不想摸摸看？想摸的話，你要先親一下。」小女兒教我要伸出舌頭，教我要怎樣舔。獎勵則是可以用手摸。小兒子的書桌就在旁邊，他目睹一切。

小兒子對我說：「你親姊姊的，那也要親我的。」小兒子會向我展示勃起的雞雞，放到我面前，要我伸舌頭舔。我聞到一股很重的尿騷味。我覺得很生氣，很不服氣，說：「不要！」類似的事情，至少重複過三次。

記得小時候在喝的咖啡牛奶裡，會有一些白色的混濁液體，一坨弄不開，味道也有點奇怪。喝下去時，感覺有很黏的東西卡在喉嚨裡，很噁心，但我不知道是什麼。有一次，小兒子在我面前「尿」在杯子裡，要我喝。我很生氣說：「我才不要喝你的尿尿。」

我記得他們說過一句話：「吃過了洨（精液），他就會乖了！」等我長大了，才知道那些不明的混濁液體，可能是奶爸和小兒子的精液混在牛奶裡面，騙我喝。

我當時不懂什麼叫做口交，但他們家的小孩在這麼小的年紀，就已經在誘騙三歲的小孩為他們口交，也許他們家還有更多我不懂的過去。

他們家的大女兒是唯一沒對我性侵的人，而且常適時地提供我保護。我在長大之後才聽我父母說，他們的大女兒很痛恨他們家，常會打電話叫殯儀館的人到家裡做法事。大女兒常會教我說一些我不懂的話給奶爸、奶媽聽。我最記得的一個發音是：「坐牢」。然後，我發現只要奶爸、奶媽聽到這兩個字，就會面如死灰。

當我發現「坐牢」這個詞，就像他們的死穴一樣時，三歲的我，就瘋狂地一直重複這句話。他們因此非常討厭我。

恐怖的巨人

住在奶媽家的三年，我每一天都在恐懼中度過。

每一個晚上，我被迫跟奶媽、奶爸睡在一起。這時，我會背對著他們，縮在床角，緊繃著神經與肌肉，就怕他們隨時要抓住我手腳。一直到深夜或黎明，我因為體力不支，才會睡著。長達三年，每天晚上都是如此。

奶媽家後來同時照顧另外一個女嬰。奶媽在幫女嬰洗澡時，我好奇走過去看。奶媽跟我說：「她是女生，跟你不一樣，沒有雞雞。你要不要摸摸看？」雖然她沒有強迫我摸，但每次當他們要我摸他們尿尿的地方時，都會讓我覺得特別不舒服，好像把我當作滿足他們慾望的工具。

有一次，在他們玩弄過我後，我太生氣，我對著他們大喊：「你們這樣對我，我要告訴所有人！我要告訴所有人！」

奶爸當時非常兇，他在我眼中，看起來就像是個恐怖的巨人。他對我大罵：「你要是敢說出去，我就打死你！我打到你死！」這對當時三歲的我來說，讓我感到非常害怕，我害怕真的在那一刻，很有可能會被打死在那個房子裡。

但我覺得自己沒有選擇，我並不想過著每天都是屈辱和痛苦的生活，所以，我反而更大聲、更歇斯底里地大叫說：「我要說出去！我死也要說出去！」

其實，在喊叫當時，我覺得自己已經是死定的了，但當時，我真的覺得與其每天過著這種屈辱的日子，倒不如被打死好。那時，我眼前發白，腦袋充血。

長大之後，這樣的身體反應，在我情緒激動時，仍不時出現。經歷一陣恐怖的寂靜之後，也許只是十秒鐘或半分鐘，不過這決定我生死關鍵的時刻，我卻覺得像半世紀那麼長。奶媽那時把奶爸推進房間，然後，她出來跟我談條件。條件就是，如果我不說出去，他們就會對我好一點。

我當時沒有辦法信任她，但在我毫無資源與條件的情況下，我只能答應。

我在那裡的生活，感覺就像是在靠著這個交易維持著。

吃飯

吃飯時間是奶媽唯一會認真面對我的時候，而讓她追著我跑，餵我吃飯，讓我覺得很快樂。但很多時候，她會突然生氣，給我一巴掌，然後把飯收起來，不再理我。於是，我那餐飯就不用再吃了。當晚一點，我肚子餓的時候，奶媽會泡一杯咖啡牛奶，讓我果腹。

三年過去，造成我當時嚴重虛胖。

回憶：苦難的開始

無路可走的困境。

無助

住在奶媽家期間，父母只有星期天會出現，他們會停留大約二十分鐘，跟奶媽聊天。我沒有機會跟他們說話。我很努力地問父母：「可不可以帶我走？」我很努力地哭喊，用盡力氣地哭喊。

我不明白為什麼兩個哥哥可以在家，我卻要留在奶媽家。不過，沒有人理我，也沒有人聽我說話。

每次父母離開後，我會繼續哭，哭到睡著。醒來後，又繼續哭。每個星期天到星期二，我會哭哭睡睡，不願醒來，只希望時間快點過去。

奶媽不會叫我起來吃東西，也不會叫醒我。我常常不知道我醒來時是白天，還是晚上。我這樣哭哭睡睡，只為了期待另一個星期天再次來臨。

我沒有跟父母獨處的機會，而要一個三歲的孩子以有限的語言與認知，去說出連我都難以理解的遭遇，實在超乎我的能力。更何況，要我在奶媽、奶爸面前說，這只會帶來更大的危險。

我的父母忽略我的哭喊。無論我多用力哭喊，甚至哭到全身抽搐，我的父母依然沒有反應，甚至當他們要離開奶媽家時，也不會跟我說一聲。

有一次，我實在太過生氣，於是和大哥發生嚴重的爭吵。媽媽馬上拉走大哥，罵他說：「你幹嘛跟他吵架？你這樣，會讓他知道我們要回家！」

那一刻，我雖然只有三歲，但我也一切都明白了。

我是被他們拋棄的小孩，而我，永遠也逃不出這些性侵我的人的掌控。

逃亡

我很想逃離奶媽家。我心裡不停在繪製逃亡的地圖。

從奶媽家到伯父家，從伯父家到巷口，再到一百公尺外的理髮廳，過了火車軌道，就是大馬路，大馬路會通到我父母的新家，但我其實不知道這有多遠，也不知道他們究竟是住在哪裡。

於是，三歲的我，就時常在這條路上流連，計劃著我的逃亡路線。

不再沉默

不可能的逃亡計畫。

我常告訴自己，應該趁白天天還亮的時候開始逃，因為晚上的路，我會認不出來。但我沒有真正實行過，因為我害怕黑夜，而且，我也不知道該怎麼走到我父母的新家。

因為我的伯父、伯母跟奶媽住在同一條小巷，所以，我曾經躲到伯父、伯母家頂樓的角落，希望沒有人可以找到我。

我大概成功躲了一天。記憶中，有一堆人來頂樓兩三次，他們的語氣很緊張，似乎在叫我的名字，我一直躲到太陽下山。入夜之後，頂樓的天台變得很黑，我又餓又害怕，我就下樓看他們在做什麼。

我看到他們不斷用電話互相聯絡，在他們的對話中，好像因為找不到我，所以要我父母過去一趟。而當伯父、伯母看到我時，他們露出大為驚喜與放鬆的神色，然後要電話那頭的我的父母不用過來了，因為他們已經找到我了。

我還記得當時聽到伯父伯母在討論奶媽家可能不好，但因為不想傷害鄰里和睦，所以，他們還是把我送回奶媽家。

經歷過這次失蹤事件，父母似乎感覺到我可能會製造出一些麻煩，所以他們和我談一個條件，就是在寒、暑假時，我可以回家住，但平時，我必須住在奶媽家。

其實，我最想做的是永遠離開奶媽家這個鬼地方，但我知道父母根本不可能答應。

求救

後來在我暑假回家的時候，我努力記下家裡的電話號碼。

當時，還沒有人教我學看阿拉伯數字。我只能在一張紙上，寫下我又大又歪斜的醜數字，再不斷地和家裡客廳電話上的數字比對，然後用家裡的電話，想撥通家裡的電話，因為一直無法撥通而感到很焦慮。

我爸看我邊撥電話邊哭，問我怎麼回事，我告訴他後，他帶我到他們房裡，用另一支電話打到客廳的電話。

當撥通時，我感到如釋重負。我想，我終於有機會在那個恐怖、黑暗的奶媽家，打電話給我父母了！

後來再到奶媽家時，我拿出那一張我寫得歪歪扭扭的數字，努力地和奶媽家那個轉盤式的電話比對數字的形狀，試了很久。當撥通的那一刻，我知道我成功了。

每天，當我心情不好的時候，我就想撥電話給我父母，但奶媽家不讓我打電話。有時，他們會搶走我手中的電話，有時，他們會把電話線拔掉。

我只能偷偷在他們不注意的時候打電話，為的只是想聽到我父母的聲音。

沒有選擇

等寒、暑假結束時，我父母常會問我：「去奶媽家，好不好？」這個問題，總是讓我痛苦不堪，讓我內心深處感到崩裂，因為無論我再怎麼表達憤怒與不願，我還是會被送回去奶媽家。到最後，我父母索性也不問了，就直接送我去奶媽家。

但有一次在車上，大概是我哭得太厲害，我爸就說：「去奶媽家，不然你就去打針！」

他知道我很害怕打針，但是我更恨奶媽一家人。

我馬上說：「是不是打針，就不用去奶媽家？那我打針！你帶我去打針！」然而，一路上，我父母都沒再說過一句話。我一直問，打針後，是不是就不用去奶媽家？我的父母不願意再給我任何回應。

我沒有放棄，我努力向他們不斷地表達過很多次。不過，我沒有成功。因為，沒有人聽我說。

死亡

面對漫長而沒有希望的日子，我找不到生存的欲望。

我不知道死亡是什麼，但我知道活著是沒有期待與希望。

我站在奶媽家門外哭，奶媽怕鄰居看見，所以把我關進房間內，讓其他人聽不到我的哭聲。也許是哭太久了，心裡太過憂鬱，我開始無法進食和入睡。奶媽就會對我強行灌食一些水和牛奶之類的東西。但我躺著，吃不下，而且會一直嗆到。

不知道過了多久，我那時失去了時間感。我感到生命在流失。我不知道什麼是自殺，但當時的我，一度失去生存的意志。

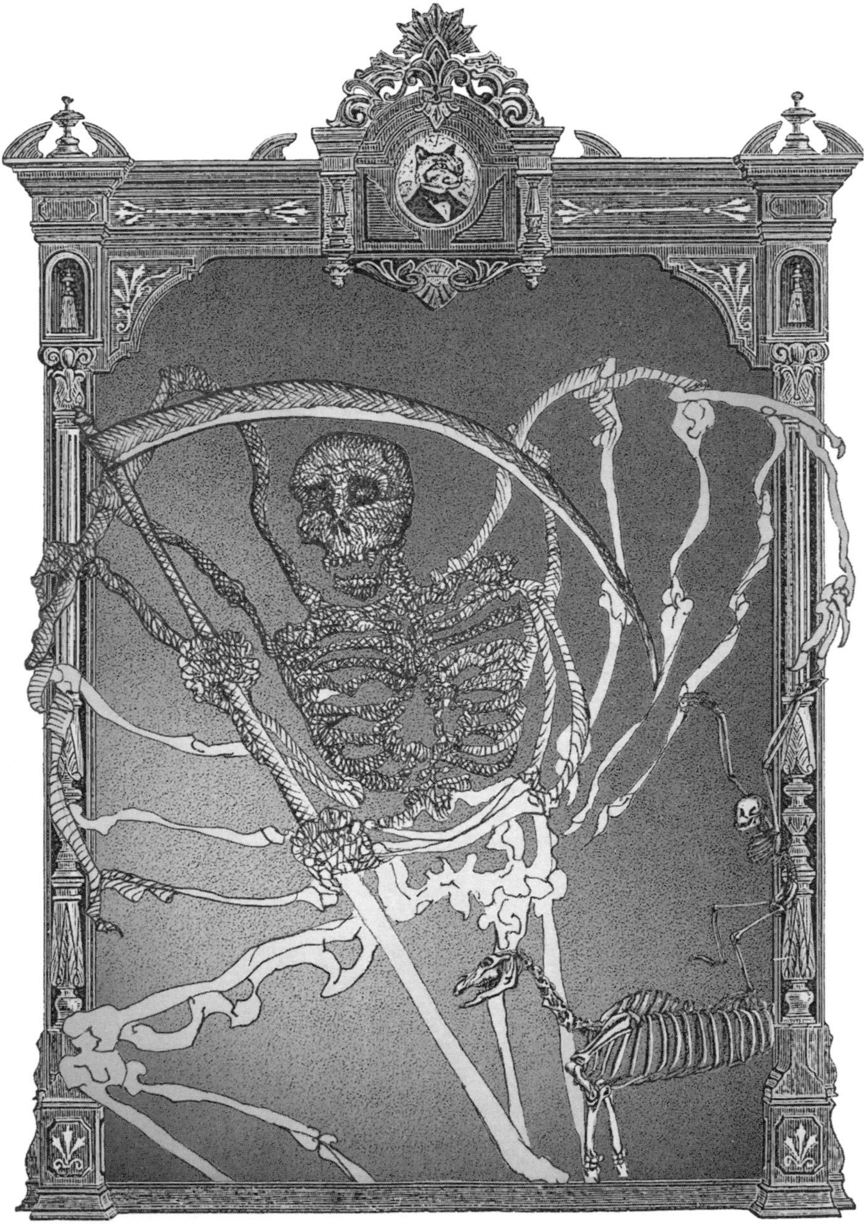

死神。

那時，我問自己：「會有人知道我死在這裡嗎？」「我決定要死了嗎？」我回答了自己這個問題。沒有人會知道我死在這裡。我不想死，我想活下來。雖然，現在我看不到希望，但我想活下來。

然後，我感到肚子餓了，我決定為自己活下來。當我再一次進食時，奶媽給了我咖啡牛奶，我到現在都還記得這個味道。

從此，我對生命的想法改變了。我努力的忍耐，不哭，也不笑。我對任何人，都不顯露我的想法與情緒。因為，我不要讓奶媽家的人知道我的想法與感受，而讓他們能威脅或利誘我。

在《創傷與復原》裡，提到許多政治犯被長期囚禁後，會發展出一套與獄卒、監獄完全心理隔離的方法，也就是放棄期待。放棄想像下一刻會發生什麼，放棄所有的希望，即使是最微小生活細節上的希望。他們讓自己和所有事物都失去連結，以使自己的心靈能保持完整，不被獄卒所操控。

兒童虐待，與監獄的囚禁、剝奪自由與心靈操控有高度相似之處，但相較之下，兒童更為脆弱，而且因為是在生命的開始，所以就只能將虐待他／她的照顧者，當作唯一的真理與事實。

但我的狀況比較不同的是，我恨奶媽一家人，我打從心底認定他們是邪惡的壞人，所以從奶爸威脅要打死我開始，除了憎惡，我就不願意再投注任何情感在他們身上。雖然我日子過得很痛苦，但這幫我保有了很大一部分的心靈完整。

三到五歲，我就像一個在坐牢的兒童，每天等待著我父母帶我走，但日子卻像是從未前進過一般痛苦。

玩具箱

在奶媽丟掉我從出生就陪伴我的娃娃時，我感覺到某個心裡很重要的東西被奪走，某個象徵我快樂而無憂的重要物品被偷走了。

我告訴媽媽，但她沒有任何反應。

之後，每天晚上我都不斷做著同一個惡夢：我最重要的東西被偷走了，而我的媽媽不會保護我。

不再沉默

玩具箱。

我不只對他們會性侵我感到不安，我對於屬於我的物品被他們任意處置，也一樣感到不安。後來，我向父母要求屬於我自己的玩具箱，這玩具箱放在奶媽家客廳的椅子底下。我在所有人的面前都堅持那是屬於我的東西，沒有人可以碰它。

因為奶媽家對面的鄰居常常看到我在哭，所以就常邀我去他們家玩、看電視，有時，還會送我玩具。當父母知道奶媽家的對面鄰居送我玩具後，他們似乎感到不好意思，所以開始買玩具給我，並且要我不要再收別人送的玩具。

這些玩具讓我在最絕望時，建立屬於自己的內心世界。

唯一的朋友

奶媽為了避免我把他們對我做的事說出去，就買了一隻牧羊犬回家，牧羊犬叫吉米。吉米陪伴我一年多，牠成為我唯一的朋友。

奶媽除了會利用吉米來試探我的想法外，若我不聽奶媽的話，奶媽就會不讓我跟吉米玩。她把我和吉米隔離起來，或威脅我要把牠賣掉。

某天，我和吉米在玩拋接時，不小心踩到牠的腳，牠生氣地咬了我一口。我因為被牠咬而感到很難過，淚水不停地流。

奶媽看我不停地哭，就用籐條打吉米。我聽到吉米的哀叫，讓我非常心碎。我第一次向奶媽請求，求她不要再打牠。這是我唯一一次求她。

大概在我五歲時，有一次，我跟爸爸大學同學的太太，說了很多我在奶媽家的不愉快，因為我覺得她是一個很和善的女人。這位太太認真聽完後，找了機會，轉達給我爸爸。我無法確定是不是因為這件事情，後來我才能離開奶媽家。

那是我在讀幼兒園大班時的某一天，父母說要帶我回家。奶媽還刻意問我，要不要為吉米留下來。我忍著眼淚，保持沉默，跟媽媽坐上計程車。

雖然，我終於可以永遠離開奶媽家，但我一點也高興不起來，因為我覺得自己背叛了我最好的朋友。

二、回家：傷害的延續

二、回家：傷害的延續

我在三歲時所理解的世界，是我逃不出傷害我的人的控制。我曾經試著抵抗和求救，但我孤立無援，看不到希望。我被迫學著和性侵過我，及對我有生命威脅的人一起生活。

就這樣三年，我度過我人生中最痛苦的時間，雖然我後來終於可以離開奶媽家，但恐懼並沒有就此消失。我的父母並沒有撫平我的傷痛，他們還為我添加了更多難以復原的傷害。

為了減輕成長的負擔，我遺忘過去的自己，但這也同時增加從創傷中復原的困

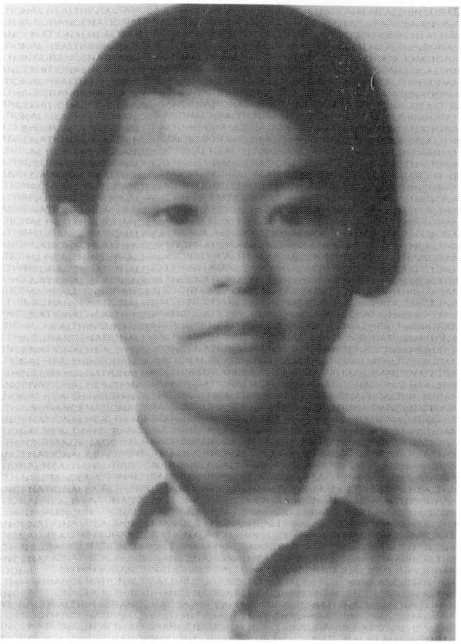

小學的我。

難。少年的我，與青年的我，一路跌跌撞撞，不斷在失憶與失落中，尋求自己的定位。

裸體

回到新家後，因為安穩時間相對比較長，我的焦慮少了很多。

我爸爸因為在半夜創作，所以他都在白天睡覺，而在白天，我不知道我媽媽在哪裡。在漫長等待媽媽的焦慮與無聊的時光裡，我會在爸爸的工作室裡玩，那個被全家人當作禁忌的「聖地」之處，那也是哥哥們從不敢靠近的地方。

父母的禁令，從未對我發生作用。我對他們覺得「重要」的事物，充滿著好奇，這份好奇勝過任何威脅。天真的我思考著，如果我能搞清楚他們在意的事情，那麼我就能讓他們在意我吧？

在寂靜的日光裡，我一個個仔細搜索。在那些全家人沒人敢動的爸爸的神聖抽屜裡，我發現一本金髮女郎的裸體雜誌。

幼年的我，除了被有金色毛髮的下體震撼以外，我還深刻地感到疑惑，這個女人和父親是什麼關係？我的父母會不會因為這個裸女而分開？如果他們分開了，我是不是就必須永遠留在奶媽家裡？

恐懼和焦慮不斷在我內心蔓延。晚餐前，我指著抽屜問那個女人是誰。他們的眼神都迴避著我，沒有給我任何答案。這是我記憶中對女性裸體最早的接觸。

出去吃麵

我在五歲以前，對爸爸不太有印象。我不知道這是為什麼，也許是因為我對媽媽的愛與需求太過強烈，以致掩蓋我對爸爸的回憶。也許是在我的記憶中，他不曾對我相關的事物表達太多關心與意見，我們之間並沒什麼互動。

我記得我暑假回到新家時，白天的時候，只有他和我在家。屬於我的玩具箱在奶媽家，而兩個陌生的哥哥，並不歡迎我這個「陌生」的弟弟動他們的玩具，或加入他們的遊戲。於是，我在兩個哥哥的房間裡找不到自己的位置，而客房裡則什麼都沒有。

在兩個哥哥的房間裡為我保留的那個床位，對我而言其實是個陌生而陰暗的角落。在我感覺被他們排斥的時候，我會選擇躲到空無一物的客房裡。在那裡，我才感到安全。而太過無聊時，我會到客廳父親的工作桌和電視那裡。我會想看卡通。不過，我還不會使用遙控器，也看不懂數字。我有時就看著窗外的雲發呆。

雖然在家裡很無聊，但我終於擺脫在奶媽家時時刻刻被侵害的威脅。至少，這裡是安全的。在母親和兩個哥哥去學校暑期輔導時，我就在家裡發呆。等到爸爸醒來，大概已是下午的時候。有時，我太餓，想早一點叫他起床。我就會在臥室門口小聲地叫：「爸……爸……」有時，他沒睡飽，會很生氣。我怕他生氣，但又抵不過飢餓、想吃東西的需求。我就只好一直在臥房門口，小聲地叫：「爸……我肚子很餓……」

在這個過程裡，我時常覺得時間很漫長，而且肚子一直咕咕叫。

爸爸的下床氣一向很重。他起床時，看我的第一眼總是一股很厭惡我的感覺。然後他會帶我出去吃麵。

父親是個藝術家，也有人封他為了不起的散文作家。這個故事，他寫在他的第一本散文集《出去吃麵》裡。裡面寫的是他身為一個隨性而浪漫的藝術家，照顧孩子的「趣事」。

在我看來，那一段段他所截取溫馨而浪漫的互動片段，從來就不是我的人生。他略過了我被性侵後，苦苦哀求他們救我的片段。他略過了我每天在飢餓中等他起床的片段。當時對家裡人仍然陌生的我，與他最大的交集，大概也只有這兩件事。

當他覺得我麻煩而難以照顧時，他會說要送我回奶媽家。當他這樣講時，我會保持沉默、沒有反應，但在心裡非常厭惡和害怕他。他知道這句話對我的效果，所以他時常講，但他不會把這些事寫在他的書裡。

有時，我非常疑惑，為何大家會如此認同這個虛偽的藝術家。但他對外總是保持親切與友善的態度。對照他每天起床看我，像是看到一個多餘而麻煩的東西時，幼年的我，得到一個簡單而清晰的結論：他就像奶媽一樣，在陌生人前會裝和善，但和我單獨相處的時候，就會討厭我。我不知道為什麼，但幼年的我，論斷這就是必然的現實與我人生的全部。

爸爸曾經給我鑰匙和錢，叫我自己出去吃麵。我說我不會過馬路，但他沒有理會我的恐懼。我在恐懼中，只好自己一個人過馬路。這條馬路前面接的就是高速公路，所有的車子都開得很快。

我手裡握著紙鈔，另一隻手緊握著鑰匙。紙鈔被我的手汗弄到潮濕，還幾乎被我握爛。抓緊著鑰匙的手，則感到金屬鑰匙深陷在手心柔軟的肌肉裡。痛楚讓我保持警覺，讓我安全地抵達麵店。

不識字的我，只記得父親曾經叫過炸醬麵和酸辣湯。我用蚊子般的聲音說：「炸醬麵。」叫了幾次，老闆娘終於視線往下，看到了我。她有點驚訝，問我：「你一個人嗎？」

我感覺自己做錯了事，只能害怕地點點頭。麵太過大碗，我吃不到一半。回家按電梯時，我很緊張。進電梯時，又很怕被電梯門夾到。當電梯上顯示的數字為「4」時，我覺得很奇怪，因為跟我記得的形狀差很遠。而當鑰匙要插進鎖孔時，我上下試了很久。等終於插進去後，左右轉，我又試了很久。我記得我必須用盡全身的力氣，才能轉開鐵門的門鎖。

有時我找不到鑰匙或錢，也不敢叫父親起床。我一整天就從早上喝一杯調味乳，然後餓到晚上吃晚餐為止。

很多年以後，我還是會偶爾做一樣的惡夢：我在馬路上被車撞死；在黑暗的樓梯間裡等待永遠不會到的電梯；進電梯時被電梯門夾死；在電梯裡等待永遠不會到的樓層；在無盡的黑暗樓梯間裡探索；在家門口試著打開永遠打不開的鐵門。

在小學前，我時常過著這種自己一個人出去吃麵的日子。雖然，那時候我覺得比起奶媽家的生活，已經好多了。

忽略照顧孩子是父母常犯的錯誤。這種嚴重的忽略照顧，使小孩挨餓、獨自外出與缺乏保護，其造成的傷害是重大而不可磨滅的。這些美其名叫「獨立」的教養，實際上是父母不在意兒童身心安全的虐待行為。這也是愛麗絲・米勒（Alice Miller）所謂的兒童必須提早成熟的悲劇。

無法統整的世界觀

因為爸爸是藝術家，家裡時常會有客人。每當客人帶著孩子來拜訪時，爸爸就會在客人走後，罵那些小孩沒家教、吵鬧、阻礙大人談話等等。每當他這樣說時，我就會覺得他好像是在說我，而他罵的不是別人的小孩，是要在我面前告訴我，小孩對他來說，是個多煩擾人的東西，而我就是那個煩擾人的東西。

那時，我會感到很羞愧，也很恐慌，覺得我是不該存在於這個家的人。

上小學以後，老師常告訴我，我的爸爸是個了不起的藝術家，常來我們家拜訪的客人們，也常這樣說，這讓我感到非常的疑惑，是否「了不起」跟「偉大」的人就是這樣？他們會很討厭自己的小孩？而每個人都說「偉大」的人就是對的，那麼是否就代表，我被父親忽視與厭惡是件對的事？

我的疑問從未被解答，只埋藏在我內心深處。

惡夢

我五歲之後回到家，但性侵與生命威脅的創傷從未被治療過。每到睡覺的時間，恐懼就會再度出現，並且不斷蔓延。

我的腦袋和胸口感覺在燃燒，體內似乎有某個東西，不斷把我拋起再丟下。不管我再怎麼用力，也克服不了這種感覺。而閉上眼睛之後，恐懼的感覺更清晰、更具體。無論醒著，還是夢境裡，它都清楚地告訴我，我不可能脫離它的掌控。

直到寫這本書的過程裡，我才能理解，當時我經歷的叫做「恐慌」。而我當時每天、每晚睡覺前，都必須經歷。直到我成年之後，我仍時常會經歷這個過程。

之前在奶媽家，我每天晚上都在被遺棄的怨憤中，含著眼淚，帶著僵硬與恐懼入睡。回家以後，每晚我依然帶著憤恨與恐慌的感受，無法入睡。

我會跟父母說睡不著。無論是午夜十二點、一點、兩點、三點，甚至四點，我都會跑到客廳去找他們。

有時他們會安慰我，有時不會。直到某天，他們對我這個行為感到厭倦了。他們

惡夢。

禁止我在半夜離開床鋪，要我一定要睡覺。

但大部分時間，我都無法入睡，一直到窗外翻白，黎明到來，我感到身體又痛又餓又累。我不懂，為什麼我會這樣？整晚肚子餓到痛的感覺，讓我一直提醒自己，我不能忘記現在這個感受。有一天，我必須解答這個問題，才不會讓自己再陷入這困境。

從那時起，若我在晚上睡著，我固定會做幾種類型的惡夢：

一、我最珍貴的東西被奶媽丟掉，但我媽媽不相信我，她相信奶媽說的話，她相信是我弄丟的。

二、一群人圍著我，他們看著我被惡人傷害，露出惡意的笑容。

三、夢中有一道圍牆，我被困在裡面，我爸爸一直在加高圍牆的磚頭。我求他不要再做了，但他沒反應。

四、我被限制在某個地方，我動不了。

五、我在某個陌生的房子裡被追逐，最後跌落。

回家：傷害的延續

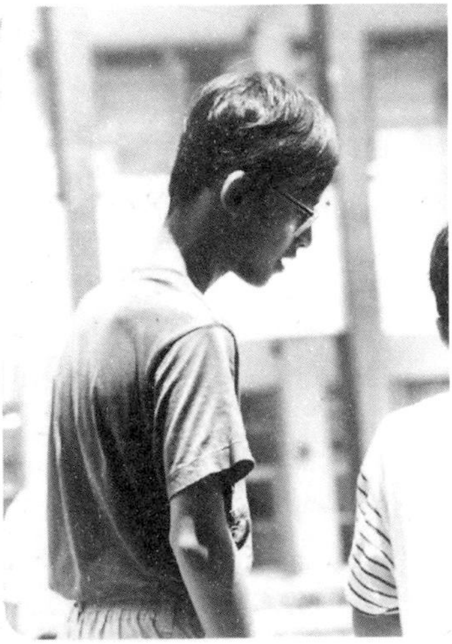

小學的我。

抓背

本來父母要我學會一個人睡覺，但可能是我每天晚上都去吵他們，所以後來變成媽媽陪我睡在地上，爸爸自己一個人睡在雙人床上。

睡覺時，是我媽媽唯一沒有防備，而且和善的時候。我可以靠著她睡覺。在她懷裡，我感覺到安全與安慰。有時她要我趕快睡，我會故意說我的背癢睡不著，要她幫我抓背。在她幫我抓背與摸背時，我感覺到她手的溫度與關懷。我感到很安慰，眼淚便忍不住一直流下來。

我對自己說：「沒關係，一切都過去了。」但眼淚還是忍不住一直流。

身為一個孩子，我想原諒父母。我想愛他們，我想埋葬我的痛苦。但他們不曾問過我為何流淚，我為何痛苦，也未曾接受我其他情感。如果一個孩子無法和自己最重要的照顧者，一起埋葬痛苦的情緒，那麼最終只能演變為掩蓋、隱藏自己童年的痛苦。

正因為孩子的這些痛苦，未曾受到成人適當的幫助與處理，加上他們尚未成熟到能獨立面對這些過於龐大的傷害，他們只能壓抑、隱藏這些傷害的情緒在內心深處。所以童年受創的倖存者，他們必須在成年之後，回頭喚起這些痛苦的回憶與情緒，並試著面對這些創傷，這樣才能讓痛苦真正的永遠埋葬。

卡通與英雄

與玩具的對話，保存了我兒時一部分的情感世界。因為沒有人願意聽我說話，更不用談體會我的困境。

當我一出生便陪伴我長大的娃娃被奶媽丟掉時，我感覺到我的一部分被偷走了。他們不只在身體上侵犯我，甚至偷走我心裡最重要的象徵物品。我在不甘、憤怒與恐懼的情緒下，告訴媽媽他們所做的惡行，但我發現媽媽毫無反應。

那時，我陷入真正絕望的深淵。我不只要面對侵害，而且我還必須面對父母的無情漠視。我完全不知道自己該怎麼辦。

有很長一段時間，我會尋找牆壁的一塊污垢，或一張椅子，或一張桌子，然後幻

不再沉默

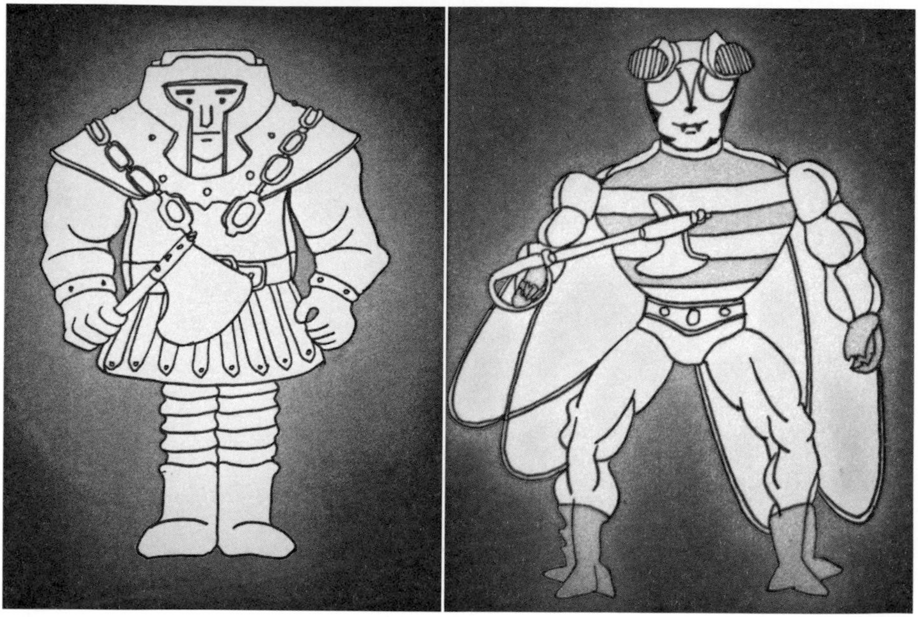

屬於我的英雄。

想我對它們說出我內心的委屈和痛楚。我時常對著牆壁和桌椅哭泣。我不知道除了它們以外，還有誰能理解我的痛苦。

某天，住在奶媽家對面的一對年輕夫妻，送給我一些玩具，我如獲至寶。今天，我仍然記得他們送我的玩具樣貌，一切都歷歷在目，那是《太空超人》（He-Man）的彈簧人、旋風俠、蜜蜂俠。

雖然這些玩具不能解除我的壓力與痛苦，但我的痛苦與委屈，從此有了對話的對象。

在《哭泣的小王子》裡寫道，上世紀的四〇至五〇年代，電視裡的卡通，最主要的內容是以回歸完整的家庭想像為中心，如《綠野仙蹤》，而這樣的內容，讓很多沒有完整家庭，以及受家庭虐待的兒童無所適從。至於在我成長的上世紀的八〇年代裡的卡通，我記得有一系列特殊而強烈的主題——「英雄」，於是，好人打敗邪惡的壞人與怪物，成為我早期童年主要的認同。

當時《太空超人》的卡通正在流行，剛好奶媽家對面的年輕夫妻又送我幾樣我視為珍寶的玩具。例如，藍色的旋風俠，不但有拳頭，也有武器，胸口的雷達更能偵測出壞人的位置。而彈簧人全身穿著盔甲，既可以保護自己，手上又有斧頭可以攻擊。至於，蜜蜂俠則有頭盔和翅膀，除了能遠離威脅，雙手還擁有破壞性的鉗子。

我很羨慕彈簧人，因為他有像烏龜一樣的盔甲，包滿了全身。如果我有像他一樣的盔甲，那麼當我縮著身體，被奶媽捏和打的時候，我就不會感到痛。而如果我有像蜜蜂俠一樣的飛行能力，那麼我就可以在危機發生前，飛上天空。飛到沒有危險的地方，低頭俯視想傷害我的壞人，然後離開他們，去找回我自己的家人。

這些無意識的認同，成為年幼的我度過困難的一些力量。英雄成為我在遭遇困難時，回應我痛苦的主要形象。我常跟這些玩具說，它們是我最愛的玩具，沒有任何東西可以取代它們在我心裡的位置。

九〇年代之後的大眾英雄，有往個人的內在追尋並超越的傾向，如《星際大戰》的天行者路克、《神龍之謎》的小呆、《幽遊白書》的彈平等。我在青少年時，從中攝取許多快樂與養分。

當時在眾多故事裡，最令我心神嚮往的，是宮崎駿的卡通《天空之城》。在宮崎駿一系列的卡通裡，總有一個特殊的意象不斷出現；當一個小孩面對死亡或生命中巨大變動的威脅，他會去克服重重的恐懼與挑戰，然後帶給自己與他人永恆的成長與改變。但是，每看完他一部卡通，我心裡總是產生強大的震撼與疑惑：為何宮崎駿能如此清楚表達我的痛苦，與我所嚮往的勇氣特質。

成年之後，我偶然看到宮崎駿的訪談文字，才知道他的童年，就如同愛麗絲・米勒所說的「Gifted Child」、「小大人」、「早熟、懂事的孩子」，也就是必須為成人分擔（兒童不應負擔）責任的「好孩子」。

宮崎駿提到這些過於早熟的責任感所帶給他的成長痛苦，也成為他創作的主要動機。於是，當《龍貓》的資助者在宮崎駿進行編劇時，質疑劇中的小姊姊，怎麼可能如此早熟，不但照顧妹妹，又包辦所有家事。宮崎駿立即勃然大怒地回應：「怎麼不可能！我就是這樣（成長）！」

這些成長的痛苦與創傷的情結（complex），宮崎駿清楚地表達在他的動畫作品裡，無論是《天空之城》裡男、女主角的犧牲情結，或《風之谷》的守護者情結。

在他的作品裡，小孩都不再只是被動的受害者，而是主動、具明確意識與情感的獨立個體。宮崎駿堅持為小孩做動畫的初衷，在我成長過程裡，給了受創的我許多勇氣。

和我一起成長的痛苦。

分裂

在我的人生第一次被背叛時，我的認同就徹底地分裂成兩塊。一塊是好媽媽，她會知道我的感覺，而且很快就會帶我離開侵害我的人，以及這恐怖的環境。另一塊，則是像怪物一樣的媽媽，她在我最痛苦的時候，拋下我，獨自面對這些恐怖的侵害者，她是個怪物，附身在我媽媽身上。

身為一個天性信任與期待父母的小孩，我仍然相信怪物只是暫時占據媽媽的身體和心靈，她很快就會變為好媽媽來救我。但住在奶媽家漫長的三年痛苦歲月，卻漸漸磨滅這個原初的信念。

這原初的期待與痛苦，從沒獲得解決，所以在每個陰冷、綿綿細雨的日子裡，我都會感到寒冷與哀傷（因為基隆如此多雨，而我最痛苦的成長時間就在那裡）。我總是等待奶媽家的門被打開，我的父母會回來接我離開，但他們卻從未出現。在這樣的哀傷之後的失落，更令人感到憤怒與不耐。因為，好媽媽的幻想離我更遙遠，而怪物永遠占據著媽媽。

即使在已經脫離這些痛苦情景之後的三十年，我還是在細雨中，感到痛苦與失落，我還是希望能從背叛我的怪物媽媽裡，救出好媽媽。這是我人生中過於痛苦的事實，而這對於一個在成長中的小孩來說，實在難以承受。

五歲之後，也就是在我剛回到家中時，有一段時間，我還是覺得沒有真實感。我每天還是害怕無法繼續跟父母在一起，隨時怕又會被送回奶媽家。直到某一天，我在新家客廳裡看電視。在看電視的過程裡，有一瞬間，我突然領悟到，我現在已經是安全的了，我不需要再感到害怕了。

那一瞬間的領悟，讓我的身體起了極大的反應。眼前的一切物品都在發光，而我的眼淚如滾燙的河流，停不下來。我不記得我究竟哭了多久，但我記得那個感受對我的重要性。

遺憾的是，長期受虐的兒童必須面對精神上分裂的必然，而我真正的痛苦，並不止於被奶媽一家人性侵的那段時間，更深遠的失落與精神上的分裂，來自於我的原生家庭。

首先，是我感到被拋棄，在我最需要幫助的那段時間裡，我必須自尋出路，而我幾乎失去了生存的希望。當我回到原生家庭之後，我心裡曾有個巨大而強烈的聲音告訴我：「你不能信任這一家人！無論如何，你都不能信任他們！」這個聲音是如此堅定，使我無法忘懷。

但漸漸地，當我確信我在我父母的新家是安全的之後，我忘記了那個聲音，我忘記了我過去被他們拋棄的痛苦，並試圖在這個家庭中找到安穩與快樂的感覺。

對一個正常的小孩來說，這是一件再自然不過的事。任何一個小孩，都必須適應他／她成長的環境，並試圖在其中找到正向的意義與期待，才有可能找到繼續生存的期望與能量。然而，對一個父母曾拋棄過他，他因此長期受虐，並被漠視其情緒需求的小孩而言，在這個家中，成長就代表著更多的價值扭曲與情感的漠視。

而我生命中最大的痛苦與失落，就是試圖去認同這個家給我的痛苦都是對的。漸漸地，愛與冷漠的界線模糊了，支持與傷害的意義也模糊了，關於家人的一切，而且也只有關於家人的一切，都成為「好」的。成長中，一切的拋棄、漠視、痛苦、寂寞，都成為這個家中的「好」。

當我開始試圖把最親密照顧者的冷漠視為愛，遺忘拋棄，並試圖信任他們時，這

I am Monster
我感覺像個怪物。

是我內在分裂的開始。任何一個小孩，無論是來自完整的家庭，或來自不完整的家庭，都希望能得到父母完整的愛與關懷。遺憾的是，並不是每個小孩都會得到。

在我成年之後，我花了很多時間與精力去否認我童年的痛苦與孤獨，一直到我重新看清楚事實，並開始藉由寫這本書，去釐清一項又一項的扭曲與傷害。

於是，過去我所認知的完美家庭圖像，成為一頁虛假的故事，自動在我的人生中剝落，而強烈的失落與痛苦，一波又一波地淹沒我。我在悲傷中，感到整個人在碎裂。

我曾經想過，也許死亡會帶給我平靜，一些書上也敘述很多人會在此時選擇自殺，但我也知道，也有許多人克服這些痛苦，重拾人生的完整與信心。

我知道人可以復原，即使在極端、惡劣的環境，人也可以走出來。抱著這份信念，以及我太太對我的支持，我度過了許多哀傷的情緒。也許那些痛苦的情緒真的讓人想死，但感覺從未真正的殺死過任何一個人，它只是讓人充滿失落和沮喪。

過去，我只想遺忘和逃避這些感覺，但在循序漸進地、全然地感受那些情緒與自我重建之後，我感覺自己更完整而自由。

吉米與老狗

在我幼年最痛苦的時候，我的牧羊犬好朋友吉米讓我保有自我。牠讓我知道什麼是愛，讓我知道什麼是快樂。我看著吉米的眼睛時，我知道牠了解我的感受。牠的愛，是讓我保有自我真實感受的重要因素。

離開奶媽家後，我曾經想過，要是可以把吉米帶過來有多好。我向父母提過，但是父母沒有跟我解釋為什麼不行。我在失落中，感到最重要的朋友被綁架。吉米曾經跟我一起經歷很多事情，但我卻沒有能力跟牠一起離開那個環境。我留了一部分的自己在那邊，我感到非常失落。如果可以的話，我真的很希望牠能離開那裡。

大概在我國小二年級的時候，家裡養了一隻狗，我們叫牠老狗。家裡養老狗時，我感到很掙扎，因為要是家裡已經有一隻狗，就不會有另外一隻狗，那麼，吉米就我的好朋友吉米。

再也沒機會離開那個恐怖的地方了。

這是我人生中感到最痛的事情。幼年的我，希望吉米可以離開奶媽家，但卻從未成真過。在我十二歲的時候，吉米過世了，我感到非常遺憾與難過，因為我終究無法帶牠離開。但矛盾的是，我心中同時又感到鬆了一口氣，因為牠終究不再被那些恐怖的人綁架。

在這件事之後，我想忘記那些傷心的回憶。我想快樂，我想成長，我想生活。然後，很多事情就漸漸淡忘了。

好的回憶與壞的回憶

所有自童年創傷倖存下來的成年人，都有一個類似的困擾，就是我們也記得有過快樂的時候，那麼，難道我們不應該為了這些快樂，去原諒那些造成我們創傷痛苦的加害者嗎？我曾經為這個疑問困擾過，不過，很快我就清楚，任何與主要照顧者的好回憶，並不能抹煞他們作為主要照顧者，忽略與傷害兒童的犯行。

我記得爸爸牽過我的手，那是在小學二年級的時候。因為我有情緒困擾的問題，所以我的作業寫不出來，我也不想交，就自己生氣地在打棉被。爸爸安慰我沒關係，他還牽著我的手，帶我出去散步。那是我珍貴的回憶，因為那是我唯一一次記得他牽我的手。

我記得我們每天都會去遛狗。我記得我會試圖在晚餐時分享學校的快樂，雖然他們反應不大。我記得我很想牽媽媽的手，但她不願意讓我牽，所以我每天抓著她的包包，跟她到處走。

我記得我有很多話想跟媽媽說，但從未有機會可以說，因為她不想聽。我也記得爸爸偶爾會花時間和我們寫功課、聊天，但並不是很有耐性。我記得有時候他為了要說清楚他的想法，會把我的畫畫簿和作業簿畫得很花，而我只能之後默默的把作業簿擦乾淨，重新再畫過、寫過。

國中時，有很長一段時間，我在下午五點回到家後，就去睡覺，大概在半夜兩點起床，然後吃泡麵、寫功課，周而復始。和家人吃飯似乎成為一件我無法忍耐的事，因為我無法和他們有任何交流。我很少和爸爸說話，而媽媽除了告訴我食物放在哪裡以外，我們之間沒有任何其他話題。

讀高中時，我曾經很努力地要擺脫過去的難過，所以把時間全放在課業上。當時，我的功課還不錯，有把握考上公立大學。我非常認同我的英文老師，他是個有點年紀的老先生，講課非常仔細。在他講解之下，我英文學得不錯。

某天，他突然向全班說，你們要考上公立大學是不可能的。我不知道他為什麼要這樣說，但我感到十分震驚，我也覺得遭到背叛。

當我將所有的時間和意願全都投入在考試裡，而我內心認同的老師卻否認我的努力。這件事完全重現了我小時候的創傷情結，讓我無法承受。

那天晚上在家裡，我跟爸爸說起這件事，說到難過處，我哭了起來，無法再說下去。爸爸跟我說：「我知道你現在很難過，不過我不知道為什麼，不如，我們明天再說。」

第二天，我很期待繼續再說，但之後他從未再提起過這件事。

爸爸雖然有時會和我聊天，但總是會在關鍵的時刻離開，留下我，獨自面對傷痛。

我感覺他總是在我最需要的時候拋棄我。

英文老師的事，讓我心情嚴重的低落，我的成績也直線下墜，我還放棄了幾次校內的大考。有一段時間，我只想待在家裡，動也不想動，後來我身上開始出現嚴重的皮膚病。之後我嘗試振作，並告訴自己，眼前除了聯考，沒有其他重要的事。

我繼續回到學校念書，每天自習到很晚才回家。有時回到家，可能已是晚上九點、十點，然後我會玩電腦遊戲，玩到累了才睡覺。

爸爸看我回家都沒有在念書，他有一天忍不住了，唸我不要再打電動，要專心準備聯考。

那一瞬間，我感到爸爸從未理解過我的痛苦。

我過去所壓抑的憤怒瞬間爆發出來，我對著他大聲說：「我每天都在念書，我什麼時候沒念書？」然後爸爸又走開了，留下我自己一個人處理憤怒。

這就是我的爸爸，一個永遠在迴避問題的人。

回家過年

多數人對事情的感受只有反射，而非真正的察覺與理解。這些對事物的直覺反應，多半可以追溯到人格形成的過程，或某些特定的創傷經歷。

以我而言，奶媽家對我長期的虐待，以及我原生家庭對我的長期忽略，讓我的情緒產生許多嚴重的困擾。五歲後，也就是我回家後的那幾年，每次過年回到爺爺家拜年，就會再次看到奶媽那家人，我總是感到非常害怕與厭惡，但媽媽卻總是要我送禮過去給奶媽。這對我是個極痛苦的過程，送禮過去，聽他們客套，還要被迫和他們說話。在這整個過程裡，我像是個沒有感覺的東西被任意擺布。

在吉米死後，有一段時間，我真的很想放下這段痛苦的回憶，不想再恨任何人，但那些被我刻意壓抑的感受，卻造成我更複雜而長遠的痛苦。在我比較大之後回到爺爺家拜年，當再看到奶媽一家人時，我只感受到模糊的厭惡與噁心的感受，但我已經漸漸忘記為何會有這種感受。

等成年之後，在拜年時，再次看到他們，我還是有一種強烈的噁心及麻木的感受，但我仍然完全不知道原因，我只是不斷說服自己是吃壞東西或身體不舒服。不過，回家之後，我就會開始產生嚴重的頭痛和過敏。

三、從遺忘到憶起

三、從遺忘到憶起

榮格說：「當我們排拒在生命之外的真實，它就會以命運的姿態回到你／妳的生命裡。」以命運來形容我拾起回憶的過程，是再適合不過。在二〇一三到二〇一四年間，我積極地參與社會運動。我心中有種急迫感，想去保護這個社會制度下的受害者。每次在現場看著抗議者和受害者被警察驅離時，我都會產生龐大的哀傷與憤怒的情緒，我一直以為我是為受害者而悲傷。

有一天，我在閱讀小說《自由幻夢》時，文末主角因戰爭的壓力創傷而陷入深層的痛苦與悲傷之中，我因為這段劇情而痛哭，無法停止。

等我冷靜下來之後，我感到非常疑惑。我問自己：「為什麼這種悲痛的感覺，如此熟悉？」那時候，我沒有答案，但這個疑惑帶領我挖掘潛意識裡更深層的回憶。

情緒困擾

在我青少年時，我再次經歷嚴重的情緒困擾。暴力的意象不斷在腦內狂奔，打爆人的腦袋、紅色的血液四處噴灑。我很害怕我對暴力的想像。當這些意象出現時，有時會眼前一片花白，我的四肢失去感覺，讓我不敢動彈。

我第一次意識到，我有能力殺人，並且正在幻想殺人。對於無法控制自己的想像、憤怒和恐懼這件事，讓我在這段時間裡，非常害怕去感覺、去想像任何事情。我只能用盡方法去麻木、限制自己的感覺和想像。

後來我在漫畫、電視及電玩裡，找到很多關於憤怒與殺戮的主題，並在之中得到釋放的感覺。

有些人會在音樂中找到釋放壓力的方法，我則是在強烈視覺的刺激裡，感到壓力被紓解。我記得我曾經覺得沒有人可以理解我的感覺而深感孤獨、絕望，所以一邊打著電動，一邊流淚。我時常在寂寞的感覺中打電動。我常告訴自己，只有在平面、幻想的另一個虛幻世界裡，我才能寄託我真實的感受。我也時常看著電影哭泣，不懂為何他們的愛與恨如此真實，而我卻完全無法感受到自己的感覺。

在成年之後，我才懂得為何某些特殊的主題會特別吸引我，那一些都是關於壓迫、抵抗、爭取自由、掙扎的故事。我也懂得開始從別人的故事裡，對照自己痛苦的來源。

封閉情緒

大概在大學二年級時，我曾經崩潰過一次。在老師的研究室裡，我向老師述說心情。當時，我哭到無法自已，但我說不出傷痛所在，因為長久以來，我禁止自己去感受、去回憶、去想像。

我大學讀的是藝術，藝術需要想像，也需要理解自己，更需要感受。在那個時間

壓抑下的平靜。

點，我天真地一次開啟了我人生中的所有禁忌，強烈的情緒和情感失序在我內心裡狂奔。我好像被拉回五歲無法入睡時，被恐懼與憤怒抛向天空，再重摔地上的恐慌感覺。我坐在系館前，卻像是坐在情緒的龍捲風中央。恐慌感籠罩著我，無論任何人叫我，我都無法回應。後來，我看著星空，感覺天上的雲在流動，我心裡感覺到流動。我一邊哭著，一邊試著慢慢地忘記自己，以度過那天恐慌的情緒。

在那一次的經驗之後，我變得更謹慎。我不再試圖釋放情感和感覺，我盡量冷靜壓抑所有的情緒，包含喜悅或悲傷，以免再次經歷崩潰。

在那一次之後，我忘記如何去笑，如何去哭。我也離我自己越來越遠。

社會運動

在讀研究所時期，我開始關心社會運動。在許多的社運現場，我理解到這個世界雖然有各種苦難，但也有各種為追求公理而不惜粉身碎骨的異議分子。漸漸地，我得以重建信心，在內心深處，相信罪惡者終將會被揭露，人的委屈終會被平反。然而，當時我已不記得我童年發生過什麼事情。

許多童年受到虐待的人，會對那段極為艱辛的日子沒有任何記憶，因為遺忘是保護自己的一個方法，但卻不是解決的方法。唯一的解決方法，是堅定自己的信念，好好面對眼前的困難。

在許多激烈的社運抗爭場合裡，我重新看到了加害者與被害者的位置。即使沒有記憶，但我的內心感受到不斷和受害的人們一起震盪，不斷地受到牽動。

憤怒、哀傷與共鳴

在社會運動的衝突現場，我感受到人群激烈的情緒。當在社會議題的對錯之間辯論，我看到社會階級的不平等壓迫。在無法預期的因緣際會中，我接觸到各式各樣的情感，也觸碰到我內在深處的真實情感。

在《哭泣的小王子》一書中，提到「聲音」對倖存者的影響。在受虐的兒童成長中，因為常要面對無法預期、無法迴避，也無法控制的主要照顧者的暴力虐待，所

壓迫與抵抗。

以他們會對激昂的情緒與聲音有異常敏銳的感知。

有時，可能只是在交談中有人提高音量，或感到略微不高興，他們就會立即警戒。而為了要安撫施暴者的侵害程度，許多人學會使用聲音安撫情緒失控的照顧者。具療癒性、溫和的聲音，以及對提高音量和表達情緒的互動感到不安，成為辨別倖存者其中一種可能的特徵。在書中，治療師會建議倖存者在復原的過程中，選擇安全的環境，試著學會吼叫，並在過程中觀察自己的感覺。

大聲地說話會引發倖存者不同的感覺，然後試著在大聲說話中加入情感。多數的倖存者會發現，自己在顫抖、害怕、哭泣、發怒或大笑。當倖存者找回屬於自己真正的聲音之後，便會感到壓抑多年的感覺在流動。

我在參與社會運動時，並未預期我在尋求任何事情，我只是單純地覺得我在支持對的人與對的事。但在抗議與衝突的現場，接觸到不同人之間的憤怒與哀傷的情感時，我時常會不自覺地與他們有高度共鳴，像是我內心裡最深的感受，被一絲一縷地緩緩勾出。

在抗議衝突的現場，我時常感到自己像是另外一個人，希望在人們感到最絕望、最需要幫助時，能改變或見證些什麼。而更多數的時候，我被人們的吶喊所震撼。在吶喊中，我總會不自覺地流淚與憤怒。

回過頭來看當時的經歷，我是在不預期的場域裡，與我內心真實的情感相碰撞，而因為我認定是他人的事務，而未升起任何內心的防備，但我卻像是看到我小時候所想像的眼睛，反射出我內心的痛苦與哀傷，只是我從未意識到我的痛苦與哀傷，我以為自己只是在見證別人的痛苦。

依循感覺，找回記憶

三十年後，記憶已封塵，但很多強烈的感受，卻依舊鮮明。

我忘記了為何悲傷，但我每天早上起來依然悲傷。

我忘記了為何害怕，但我每天睡前依然害怕。

我依舊會半夜哭醒，那是熟悉的惡夢，但是，那是發生在哪裡，我卻想不起來。

在社運激烈抗爭的場合裡，喚起了我的憤怒、淚水與悲傷，我卻想不起來我為何憤怒、流淚與悲傷。

我曾經只要面對陌生人說話，就會哭出來，但現在只記得要盡力壓抑恐懼。

我曾經笑過，現在卻只記得，不能過度高興。

我的內心深藏憤怒與哀傷，那感覺是如此的鮮明，但我卻不記得為什麼。

我曾經試著要和我父母述說這些感覺，但我父母認為這些感覺只是我的個人問題，要我自己處理。

我曾經經歷幾次情感上的失敗，直到我遇到我現在的太太。她充滿著愛心與耐心，聆聽我的感覺，而我循著這些感覺，找回了我的記憶。

太太的見證

我太太當時是一位從香港來台灣讀書的研究生。她當時論文的研究主題是育幼機構裡兒童的參與權。在炎熱的七月裡，她正要提研究計畫，她請我幫她打字。論文手稿內容裡寫著離家的兒童多半感到哀傷與孤獨，甚至經歷身體及精神虐待。

我不斷重複看著這段文字，它喚醒我內心深處的感覺。我嘴唇半抖著，慢慢地，一個一個字吐出來，問太太：「這段文字，怎麼好像在說我……？」

太太說：「不會那麼誇張吧，你童年不是好好的嗎？」

我一下子說不出話來。然後，我開始整個身體顫抖著哭了出來，不能說話。我仔細回憶，卻發現我對童年的回憶一片空白，我想不起任何事。但我記得童年時，我最深的希望：我要回家，我要離開奶媽家。

然後我花了很大力氣，敘述給太太聽，我小時候是住在奶媽家，沒有跟父母、哥哥一起住。我告訴太太，我住在奶媽家的感覺，敘述奶媽是怎麼告訴我，我的父母已經不要我了，我已經是奶媽家的小孩了，而我在這種感到被遺棄的情況下，感到多痛苦和無助。我邊說邊哭，每個字、每個回憶與心情都說得很辛苦。

太太非常接納和體諒我，我不知不覺從白天說到晚上，又從晚上說到天亮，直到我體力耗盡。

太太非常同情我在小時候的遭遇，因為她的接納與理解，我有更多的勇氣，說出我被性侵的回憶。

這是我人生三十四年來第一次說出這些故事。

我記得小時候我向父母描述發生過什麼事，但因為他們沒有反應，所以雖然我很難過，但也感到說出來，不會有人在意。自此，我就把這些回憶放在心底深處。在成長過程裡，乃至於成人，我時常感到深刻的無助，覺得做任何事都無法改變現狀，任何事也都沒有意義、無助與痛苦。這感覺一直持續影響著我。

在我揭露這片籠罩我人生的陰影之後。有那麼一瞬間，我感到很徬徨。我很害怕我太太會像我父母一樣，對我的痛苦沒有反應，那麼，我只能回到我無助的狀態裡。但我太太是個有勇氣，且很能同理他人痛苦的人，她絲毫沒有迴避我的痛苦。即使是在寫論文的壓力下，她依然陪伴著我，支持著我。

在那幾天，我時常在睡夢中痛哭醒來。但在恐慌和痛苦的情緒迷霧中，我記得太太總會在我需要她的時候，放下手上的工作，全心全意地陪伴、安慰我，陪我度過最恐懼的那段時間。

我記得，在我第一次痛哭醒來的那天夜裡，太太在陪伴我度過我最恐慌的那段時間以後，她安撫我躺下，讓我閉上眼睛，繼續再睡。

我閉上眼，一邊握著她的手，一邊聽著她說話，我感到很安慰。覺得她安撫到我內心最深的痛苦，眼淚也不停地流下來。

我感到一種原始的悲傷、理解與滿足，我沉浸在超越我所能理解的神祕淚水裡，我感受到被療癒，然後我就沉沉睡去。

在之後的幾個月裡，我們依然面對許多復原之路的龐大壓力，但我不再感到無助，取而代之的是，每當我感到絕望時，我會想起那天晚上我流下悲傷而滿足的淚水，而我最愛的人在我身邊陪我度過。

三十年後的敘述

大學的時候，我是孤獨的，因為我的情緒充滿困擾，而他人只能看到我的困擾，卻不知道原因。沒有人能真正理解我的感受，當時，我覺得我會孤獨地終老一生。

之後，我一直在尋找，尋找我能信任的人，尋找我說出一切之後，我仍能感到安心的人。

我在二十八歲時，認識我太太。認識她第六年，才第一次述說我童年被性侵的回憶。我信任我太太，但仍拖那麼久才說得出口，是因為被性侵的人要述說那時的回憶，就會回到那個時間點，而那時我三歲，我會說一堆話，但我的字彙裡沒有「性侵」這個詞，我只有一堆混亂、痛苦和悲傷的感受。

我記得，被他們糟蹋之後那種極度不開心的感覺。我自己一個人默默拿出玩具來玩，幻想身邊有許多朋友能理解我的感受。幻想帶我暫時解脫痛苦的感受。我在這種環境之下成長，等待某天某個人能理解我的感受。

過了三十年，我才說出第一句話：「我好孤單。」

在說出來之後，一切的感覺，就如同瀑布雨般爆發。其中，有很多感覺讓我異常痛苦。信任感的破碎、羞恥感、恐懼感、想逃離的迫切感……等。幸運的是，我有信任的人在身邊，有她和我分享及承擔這些痛苦和困惑。

接下來，我們開始尋找相關知識，然後我們才理解，這世界有那麼多人有類似的經驗。我們也看到各式各樣的經驗和建議，如果答案沒有讓我們滿意，我們就再尋找下一個。

閱讀的過程，幫我們解開大部分的疑惑和情緒上的矛盾，雖然不是全部，但有了這些經驗，我們有了信心面對接下來的問題。在這過程裡，我不斷想起的是在社會運動中認識的樂生院民阿添伯的話：「活著，就有機會。」

向家人敘述性侵的回憶

在剛說出大部分的回憶時，雖然太太情感上的支持幫我度過很多情緒上的困難，但基本上，我們兩人並不是很清楚自己正在面對什麼情況，特別是，原來我的家庭與童年並不完美的事實。

即使我們兩人都有兒童教育與兒童發展的背景，我們也看過許多兒童遭受性侵的新聞案例，但真的發現自己處在這困境中時，我們反而感到迷惑：我們正在面對什麼？是性侵嗎？還是虐待？我們兩人一起將我說過的話詳細記錄下來。透過這些文字，我們才真正開始了解我發生了什麼事，以及我們正在面對什麼。

在這過程裡，我們都承受很大的壓力，因為太太來自相對健全的家庭，她很快就把這些事告訴她的家人，並且從她的家人身上得到情感上的支持與理解，我也感受到她家人對我的理解和支持。

第一次感覺到有家人支持

我與太太在這些經驗裡都認同，將這些痛苦的感受告訴另一個人，並且得到正面的支持，對我們釋放壓力有很大的幫助，所以太太建議我，應該跟我哥哥們說這些回憶，尋求他們正面的支持。

當太太提出這個建議時，我一開始感到非常遲疑。我知道我父母把我放在這困境裡，若我尋求父母的理解與支持，無疑地，同時也指出父母的不適任與錯誤，未知的風險太大，也太多。但面對哥哥們，我也一樣有許多無法肯定的感受和想法。

當時，我太太抱持一個真切的信念：手足之間是會相互支持的。就像她姊姊一定會支持她一樣，我的兩個哥哥也一定會站在我這邊支持我。儘管心中有疑慮，我還是跟兩個哥哥約了一個時間談話。時值暑假，在法國攻讀博士的二哥回來幾個星期，剛好兩個人都有空。

第一次談話時，我告訴他們，所有我記得的事情。一開始，他們似乎不太知道該怎麼反應，就說了一些我出生之前他們所知道的事情。

我大哥表達出他不能接受我對父母的憤怒，他要我諒解父母的決定。當時，我不想和他有衝突，所以沒有回應。

第二天，我單獨約了二哥出來，我希望可以得到他的理解。雖然他對我的童年遭遇沒有太多回應，但他和我分享了一些他在法國快樂的生活經驗，我感覺和他在情感上多了一些聯繫。

三十多年來，單薄的兄弟情感有所改變，當時，我感到非常高興。

當天晚上，我帶著笑容入睡。那是幾個月以來，我第一次感覺到有家人支持的幸福感。

哥哥們的迴避

過了兩天，我又再約兩個哥哥吃飯。當天，吃飯一開始，氣氛就很奇怪，似乎他們兩人都迴避我想說的話題，大概有兩個小時都在說一些不相關的事。

後來，我忍不住了，直接問他們：「你們覺得老爸、老媽什麼時候會知道這些我想說的事情？」突然，他們變得很沉默，似乎面臨很大的壓力。

過了幾秒，大哥才說：「大概他們死前某一天會知道吧！」

這並不是我想要的答案。這種說法，重複著過去三十年這個家裡對痛苦的拖延與漠視，所以我進一步說，找一天，我們應該全家人坐下來談這件事。

這句話似乎開啟了他們某種警訊，他們要我不要「反應過度」，父母做這些事，都是「情有可原」的，他們甚至說：「如果是我，我也會和他們（父母）一樣這樣做（送我去奶媽家）。」這句話，讓我感覺心臟被刺了一刀。

我感覺到我又再次被家人背叛，在他們不斷重複家人之間該如何如何的時候，我燃起了一陣怒火，對他們大喊：「我沒有家人！我的家人把我留在奶媽家！」

那一天，我們不歡而散。我覺得很後悔，我想得到他們的理解和支持，但沒有得到。我忍不住要和他們吵架。小學之後，我就沒跟他們再吵過架。我不想傷害任何人，但我也不想迴避我人生中巨大的創傷。

當天深夜，我傳了一則訊息給他們兩人，說我希望在二哥回法國前和全家人一起談這件事。大哥很緊張，想再約我碰一次面，希望我改變主意，但我對他們兩人已失去信心，所以這次我要太太跟我一起和他們見面。

我們家的傷害

在親密關係中的信任與愛，在受虐的孩子心中一直是個迷思。在我們的成長裡，愛與受虐就是緊密不可分的事實。很小的時候，我們就看到：信任帶來背叛，愛必然就是傷害，因為在我們生命初始，最重要的父母就是這樣對待我們的，這也使我們相信：生命中所有的關係，尤其是親密與信賴關係，必然是傷害的。

這樣的關係與認知建立在我們人生最原初，也最重要的關係之上，而顯現在我們兄弟三人身上，更為明顯。

我在五歲以前，只知道我有兩個哥哥，但實際上，我並不知道那代表什麼意義。我知道每個星期，我的「哥哥們」會和父母一起出現，然後一起消失。我時常對我的父母生氣說：「為什麼他們可以回家，我不行？」有時，我會把怒火轉向我大哥，問他為什麼他可以回家，而我不行。

重新憶起我兒時這段被性侵的回憶之後，我大哥也在這幾次的談話裡，重提他那時的記憶。當他看到每次我在奶媽家哭著說，為何我不能回家時，他那時心裡想的是：「還好不是我。」他帶著懺悔與哽咽的語氣訴說這段記憶時，我感覺到他當時身為一個孩子所留下的情感創傷。

在我三歲時，他也不過八歲，每個星期必須目睹自己的手足被拋棄一次。沒有一個孩子應該經歷這種痛苦。

我帶著沉靜的語氣，告訴他：「沒關係，那時，你也是個小孩子，你沒辦法改變那些事情，你不需要因為那時候的感受或想法感到罪惡感或難過。你不需要為這些事負責。」

他說：「真的嗎？」我感覺到他的語氣和眼神帶著解脫，有種鬆了一口氣的感覺。

談論我們的童年，把我們的感覺都帶回去那段時間，而大部分都是被忽略、被壓抑及被侵害的嚴重傷痕。一直以來，我們共同在這個家庭都無力去處理，直到現在，我揭開了壓力鍋，感受和回憶如火山般強烈噴發。

我知道這是個重要的過程，不只是對我，對曾經目睹我在無助與痛苦之中，無法掙脫的他們也是。

我不知道在我出生之前，他們經歷了什麼。他們分別大我四歲和五歲，他們不太願意說家裡曾發生過什麼事，只跟我說，媽媽曾經壓力很大。有時會用玩具丟他們，他們很怕媽媽生氣。家裡只要有小孩的聲音，爸爸就會說小孩子吵到他創作，媽媽就會進來小孩房間發脾氣。這在我五歲回家以後，情況也沒有太大的改變。

那時候，我不太理解兩個哥哥為什麼會那麼怕爸爸跟媽媽。對我而言，家裡每個人比起奶媽家的人都好太多了，就算發脾氣或罵人，我也知道壓力很快就會過去。我不需要擔心他們會像奶媽家的人，會給我一巴掌或不給我飯吃，或叫我舔他們的性器官。

在家裡，我只害怕一種威脅，就是父親會威脅我要送我回奶媽家。在我五歲回家之後，他還是會這樣說，而我會非常憂慮、害怕，甚至做惡夢。當我知道他們只是單純說謊，要我聽話而已，我異常憤怒，時常表現出對父母不滿的情緒。

我想，我的哥哥們對我常顯露不滿的情緒這件事，感到非常疑惑。在父母要求我們三兄弟只有考到好成績才能換到獎品時，二哥一向努力考到第一名，但父母還是會限制他，不能買太貴的玩具。不過，我無論考多差，總是吵著我想要買的玩具，而我每次也都會得到。也許是我父母心中對我感到虧欠，所以只能以這種方式補償我。

在我五歲剛回家時，兩個哥哥對我這個破壞家中「和諧」、「默契」的小弟感到很排斥，他們不願意跟我玩，也不願意接納我的存在。雖然我自己有一箱從奶媽家帶回來的玩具，但我的玩具箱不能和他們兩人的玩具箱混在一起，我只能自己玩自己的玩具。

我也曾有和他們一起玩的回憶，那是我人生最快樂的回憶之一：我在自己家裡，我有父母，我有家人，我和他們分享快樂。但大部分的時間，我是感到寂寞的，在我成長期間及成年之後，我一直想和他人分享我內心的感受，但卻一直感到非常困難。因為我在最需要協助與保護時所面對的忽略與背叛，造成我無法彌補的創傷。在相同的家庭環境下成長，我知道我的兄弟也許也經歷類似的傷害。

在那兩次談論我們童年的回憶之後，我感覺到我們三人都有一部分回到了小時候：他們是住在新家的一家人，而我是那個剛回到家，破壞家裡和諧與規矩的陌生小孩。

決裂

在第三次的談話裡，兩個哥哥開始正面指責我。他們認為我若說出有關性侵的回憶，會給父母帶來壓力，也會危害父母的身體健康。

兩個哥哥一方面說會支持我的決定，但又同時強調，這會威脅到家庭的和諧和父親的健康。大哥說如果我傷害到父母，他就會打我；二哥叫我要昇華，要我學會愛與原諒。

我感到過去三十年這個家庭逃避真實情感的各種話語再次出現。當時，某個心底深處的回憶撞擊我的意識，一聲如火山般的怒吼，在我內心裡爆發：「這些人從未改變過！他們當初拋棄我一個人獨自面對困難，今天還是一樣！」在那一瞬間，我感到無法忍耐，我用力把咖啡店的門打開，走出去，留下我太太和兩個哥哥。

我怒氣沖沖地走在路上，沒有目標地遊蕩。我意識到一件我從來沒有想過的事情：他們不想解決，但我今天已經是成人，我可以用我的方式，解決這些他們不願面對的困難。

在我負氣衝出門的那幾分鐘，我太太很難過地流淚問他們：「為什麼你們的弟弟在需要你們的時候，你們要選擇站在加害者那邊？」

他們則很生氣地說：「我們的父母不是加害者。」

我太太只好改口說，他們是沒有幫助我的旁觀者。

我後來回到咖啡廳裡，但我依然怒氣沖沖，我把筆和書往桌上一摔，跟太太說：

「走！」

我心想，如果我回家和父母面談，我已經不在意兩個哥哥有沒有出現，因為我打從心底不想再跟他們說一句話。我眼前發白，全身充滿著腎上腺素。在怒火裡，我連大哥用力拍桌子，也沒聽到。

我走到櫃檯前，用憤怒而顫抖的雙手，勉強拿出鈔票要付錢。當時，我二哥驚慌失措地站在我身邊。我站在櫃檯前，等著店員找錢。每一秒，我的感覺都異常緩慢，似乎時間沒有流動一樣。然後我感覺到有人在拉我的衣角，那是我二哥。

我感覺到二哥充滿著恐懼，他希望我不要離開。我眼角看到二哥拉著我的衣角，說：「不要這樣……」

我感到一陣心碎，因為我從來沒有想過要傷害他們。我只是想好好的面對自己的傷痕。

為什麼我們需要掩蓋事實呢？為什麼我們不能好好面對過去受傷的事實呢？在那一秒鐘裡，幾百個念頭在我心裡撞擊，最後的那一下撞擊讓我想起來，我曾經也很愛他們，他們曾是唯一和我分享快樂的兄弟啊。想到這個，我心軟了，但我表面的怒火並沒有熄滅。

我頭也不轉，指著他的座位，用整家店都聽到的聲音，說出一句話：「坐下！我給你最後一次機會！」這句話毫無修飾，我講出我心裡最深、最直接的感受：「這是我最後一次跟你們說話，我不再跟傷害我的人有關係。」

看著二哥驚慌失措，像小孩子挨罵般縮回位子上，他動也不敢動，我感到非常心酸。

在父母無愛而虛偽的家庭裡，他確實受傷了。我們都像孩提時一樣受傷了。但我只能打起精神，告訴他們，我只是想好好面對現實，說出我曾經發生過的事情，而這些事，父母應該要知道。

接下來的幾個小時裡，我記得我不停地保證，我要說的話不會傷害父母。他們也說了屬於他們個人成長裡的困難。在同一個家庭裡成長，我真的可以理解他們的困難來自父母的忽略，但在談話的過程裡，我也不斷地告訴自己，我不能再和他們保持這種傷害的關係了。

自始至終，兩個哥哥都無法認同我要向父母說出性侵事件的想法，而我也未曾向他們妥協、改變我將要採取的行動。

我們談到咖啡店十一點關門，談到捷運快要沒車為止，我們差不多說了五個多小時。我告訴自己，我盡力了，我不可能改變他們，但我也不想再被他們傷害。

當天晚上，我跟他們說再見時，我是真的跟他們說再見。我決定我的人生不再和這些傷害我的家人有任何關係。

與父母面談之前

與兩個哥哥分開後的三天，我陷入對未來未知的恐慌狀態。對於即將到來的星期六下午，也就是我將與我的父母談論我童年性侵、受虐的事，我覺得那已經不再是隱藏的不安，而是一道必然要踏入，足以轉變我人生的關卡。

也許有人會問：為何要逼自己走入如此的「困境」？如果令人如此不安，為何還要踏入這道無法回頭的「門」？但我感到人生的方向從未如此明確，心靈雖籠罩未知的恐懼，但卻未曾如此清晰而自信。

崩塌的城堡。

我感覺到這扇「門」，其實在三歲時已矗立在我面前，只是三歲的我無力推開這扇「門」。而成長中的我，也不斷地在「撞門」，但我未曾有機會，走進這道「門」。三十年後的今天，「門」已經打開，我只需要拿出勇氣，走進去。

「門」後等待我的，就是真實的我。

真實的我，一直躲在「陰影」裡，那是因為我在受虐、受侵害時強烈的渴望，需要我父母的保護，但他們的冷酷，卻將我遺棄在侵害我的人家中。

我在殘酷與冷漠的高牆裡，找不到出路。為了生存，我封閉許多感覺，以度過非人的歲月。這樣的歲月過於殘酷，以至於我遺失部分的我在那些黑暗的城堡裡。如今，城堡已垮，大門已開，尋回遺失自我的時機已到，我所需要的只是前進的勇氣。

許多受害人與倖存者無法脫離受害的境況，其中一個重要的原因是：我們很清楚地感知到這些改變，將是永遠的改變。有些感受將是人生的單程機票，告別這個大陸，將永遠不會再回來。

一直以來，我想得到父母的保護與愛，但無論是我受侵害的時候，或我成長的歲月，他們都無法接納我真正的感受。我一直在不斷追尋與失落的反覆過程中，遺失了真正的自我。

我對父母真正的感受是失望，感到被他們遺棄與背叛。他們對我的失望與憤怒假裝看不到，使我感到更加憤怒與失望。

幼年的我，未曾掩飾過我對父母的感受，而他們不斷試著以物質和延宕來回應我激烈的情緒，則讓我感到更為空虛。

在成長的青少年階段裡，我曾試著想原諒他們，但我內心裡源源不絕的憤怒未曾平息，反而轉向攻擊我自己，讓我感到羞恥、自尊低落與深深的無力感。因為我憤怒自己無法真正面對事情的對錯，無法把真正的責任放在應負責任的人身上。我只能像個孩子，把所有的錯怪到自己身上。

成年後，我嘗試得到父母的愛與肯定，試著愛他們所愛的，認同他們所認同的，走他們認為應該走的路，但我從未感到如此空虛與失落。

我試著讓父母感到高興。我跟隨父親辦展覽，幫他編畫冊，做手工印譜、做跑腿，跟他合作創作。在他罹患心臟病期間，努力閱讀大量相關書籍，我太太也為他煮湯與準備健康食品，告訴父母飲食與戒菸的重要。但在這一切的過程裡，我感到和他們毫無交集。

每當我試著想和父母有情感上的交流與想法時，他們馬上就會說：「不要再說了！」然後轉向他們想要與想做的事情上，好像我對他們說過的話與做過的事，從未發生過一樣。

就像過去體罰盛行的年代，人們理解打小孩會造成永久的創傷，今天，我們理解忽略兒童心理需求為情緒虐待，但這些對兒童造成傷害的父母，卻永遠不願承認他們對待孩子的方法有錯，更遑論我父母原應該保護我，但卻忽略對我所造成的傷害了。

在我成長的歲月裡，在我被遺棄、在性侵者控制的孤獨歲月裡，我幻想、欺騙自己，父母是愛我的，以度過殘酷的事實。但在我認知到所有的事情以後，幻想的愛的堡壘自動瓦解了。我只看到一個孩子為了保護自我，付出了多少慘痛的代價。而唯有揭露事實，才能使我從最原初的痛苦裡解放出來。

在等待面質的三天裡，新的想法和態度，不停撞擊著我人生信念的基礎。

我曾經是那黑暗中見不到光的孩子，我等待我父母，救我遠離侵害我的痛苦。這痛苦是如此的鮮明，即使到我成人之後，仍然每天影響著我。而我今天不但直視這個痛苦，還將要直接面對造成我痛苦的主要負責人：我的父母。

和父母討論這段過去，我告訴自己，我必須冷靜。我有強烈的直覺，覺得我不會得到我想要的，也就是父母的理解與愛。反而，還很可能會受到心靈上的傷害。

想來也是非常荒謬而真實的，如果我真的能得到父母的保護、理解與愛的話，我過去三十年早就應該得到了，何苦等到我經歷三十年的痛苦和寂寞，等我解開痛苦回憶的謎鎖之後，等我將痛苦的回憶攤上檯面後，我才能得到他們的愛與理解？

回想這三十年他們與我的互動經驗，我覺得最有可能的，是否定、逃避與漠視。

我告訴自己，我必須對這些反應，有所防備。

回家面談

回家面談的當天早上，我感到自己異常平靜。我告訴自己要平靜，無論遭遇到什麼，都不要逃避，也不要打破內心平穩的情緒。

等回到家，父親剛好在為屋外的植物澆水。他看到我和太太，露出一個相當尷尬的表情。父親努力堆滿笑臉，像陌生人一般，邀請我們兩人進去家裡。家裡的客廳和餐桌上的擺設，我覺得異常熟悉，就像家裡要招待客人一樣，桌上擺滿切好的水果和各種甜點。

母親一直問我太太要不要喝茶。其實太太因為身體的因素，一直不喝茶，太太便依舊回答她，不用喝茶。我要母親倒杯水給我們兩人就好，以解決這種母親一直重複問喝茶的困境。

在大家坐好以後，我馬上進入主題。我不想浪費任何時間。我說，我要說一件關於我小時候的事情，是件非常重大的事情，但大家現在可以不用擔心，因為傷害我的人已經不在我身邊，他們離我們很遙遠。接著，我把童年時，我記得遭受性侵的經過全部說了一遍。包括奶爸、奶媽一家人如何性侵我，如何對我，如何打我。

在敘述的過程裡，我看到母親很緊張地轉動手指，父親則一直看著我，他皺著眉，一副很疑惑的樣子，我無法確定他有沒有聽進去。

大哥很緊張，他的眼睛不斷在不同的人身上游移。

二哥則閉上眼，一隻手壓著太陽穴，似乎感到壓力很大的樣子。

在這一家人裡，我對二哥所顯現的壓力感到最為同情，只是眼前的我，必須堅強，我必須專注在我眼前的挑戰裡。在我說完之後，氣氛依然很緊繃。

我們三個孩子的眼光都無意識地移到父親的臉上，似乎都在心底認定母親不會主動回應這重大的事件，我們都必須等待父親的發落。

三十年的習慣，無論認不認同，這個家就是這樣運作。

沒想到，父親的第一句話竟是：「就這樣嗎？」

然後，再向我確認一次：「是不是就只有這樣？」

我說：「對。」

他說：「好。」

然後父親就開始說這陣子他有多擔心，因為我不接他們的電話，還說有事要回家講。他身體不好，一擔心就一直吃藥，接著又說起他這陣子心臟病手術的事。

在聽父親轉移話題的一連串抱怨時，我一下子有點心神恍惚，我想起高中時的事，然後又想起那陣子陪他一直跑醫院、看病和手術的事。我和太太在他兩次手術時都陪著他。我也是他的三個孩子裡，唯一陪他一起經歷這些事情的人。

我和太太在那陣子密集地蒐集資料，去了解手術的風險，以及手術後必須注意的事項。我們也告訴父親，只要能長期注意不要攝取過量膽固醇，就可以有效控制心臟病不會再復發。

某一天，我還記得在我不斷努力告訴他這些知識時，他聽到一半，跟我說：「你會不會浪費太多時間找這些東西？」然後他轉身冷笑，斜眼看著我。

從小，我就遺傳了母親的氣喘，我們兩人都對菸有嚴重過敏。但父親不曾戒過他的菸癮，而且還有越加嚴重的趨勢。我和母親就在過敏和氣喘中，不斷地看醫生和噴藥。

我記得有一次，父親一邊把煙噴到我的臉上，還一邊問我：「你怎麼鼻敏感又發作了？」在母親乳癌手術之後，他改到在門口抽菸，而不在客廳裡抽，或在客廳抽菸時會開抽風機。但在他的心臟手術後，他兩個星期內就完成戒菸。

這就是我所認識的父親。他的需求，永遠在家人的需求之前，無論是家人的健康，還是我被性侵的痛苦，在他看來，都不比他的感覺來得重要。

當我在與他面談的當下，我很清楚他心臟通血管的復原歷程，和手術後每一顆藥的特性，醫生也建議他要運動來恢復健康。我很清楚他此刻能承受的，以及我所能承受的壓力。幾秒鐘的人生走馬燈，把我快速地從成長的回憶裡帶進又帶出。

我知道父親此刻只是老調重提：他們（父母）的感覺，比我們（小孩）重要。不要給他們添麻煩，他們已經承受過多重擔了。痛苦和不高興的事，要小孩自己處理好，不要讓父母覺得不高興，而且，記得要讓父母覺得高興。

我知道我在忍耐，這是過去三十年的舊有模式。這樣的對話一直以來，讓我陷入重複的癱瘓與困惑之中。他們無視、扭曲、否定我曾遭遇的困難與情緒，使我一直受困在受創的童年恐慌之中。

母親在面談中提起某個宗教團體裡的性侵事件，裡面的受害者是她的朋友。母親說這些受害的朋友都沒說出來過，因為說出來是件「丟臉」的事。說完，她用雙手戲劇性地遮著臉。我們問，為什麼不提告。她還是說，因為怕丟臉。

在我的成長過程裡，每當我有所感受或情緒。母親就會提起別的事，告訴我該有什麼感受，不該有什麼感受。這是她一貫的做法。接著她告訴我，我太小了，「不會記得發生什麼事。」以及奶媽家只是那時教小孩比較「粗魯了一點」。

母親的否認與改寫回憶，一直以來是我內心深處的痛苦，但今天，我不想再為他們所製造的痛苦所牽動。更重要的是，今天，我不是孤獨的，我有太太陪著我，她見證了我父母是如何忽視與扭曲我的痛苦。

過去，我想像天上有雙公正的眼睛，看得到我的痛苦與遭遇。而今天，我不需要再想像，一個愛我的人，清楚地見證我成長的殘酷與痛苦。我不需要再隱藏任何傷痛。最後，我父親要我快樂起來。他說：「你不快樂起來，我們就不會快樂。」

我太太轉了話題，說之後過年，我們兩人不想再回去基隆伯父家，因為我不想再看到奶媽一家人。

父親說好，他們自己回去就好。接著，他說：「如果我看到那個人（奶爸），我會……」他遲疑兩三秒，我期待他真的想有什麼作為。「我會給他一個難看的臉色！」

我本來期待父親會說給他（奶爸）一個教訓，或要告奶媽一家人之類的。不過，我實在期待太高了，父親本來就不是一個會為家人挺身而出的人。如果他能的話，我的痛苦也不需要延續這麼久。

我帶著平靜的情緒與表情，跟他們說，我要離開了。離開前，我說，我要去我的房間拿一點東西。我走進我的房間，環顧四周。太太問我說要拿點什麼。我說：「沒有，我只是要看看這裡，我住過的地方。我們之後不會再回來了。」

離開前，我跟家裡的貓咪說了再見。牠是我唯一在意的家人。

我永遠離開了這個家。

四、尋找感覺與價值

四、尋找感覺與價值

重拾回憶的我，陷入狂亂的感覺風暴之中，每天面臨的是如同世界末日般的絕望壓力。被絕望占據的我，開始書寫、整理與創作。拿起筆，我與我內心的惡龍開始戰鬥。

黑洞

我的回憶像是個黑洞，它吸走一切。

不再沉默

我的人生體驗過快樂，但當我回想的時候，它卻讓我想不起快樂的感覺。我知道怎麼尋求幸福，但當我想去追求的時候，它卻讓我感到無力，失去一切欲望。長久處於這樣的情緒裡，我當然會失去生存的希望。

我曾經選擇擱置及遺忘我的童年回憶，但那感覺就像是活在一個麻木的世界裡。我被隔離在這世界之外，一切感覺都是淡然無味的，沒有哭，也沒有笑。

我被黑洞所牽引，規律圍著它打轉。我看不到其他景色，因為我離不開它的引力。黑洞裡是我的過去，也是夢境最深處。在我人生剛開始的時候，我被四個人性侵的過去，以及和性侵我的人共度三年的過去。

我試圖用各種方式去忽視它、迴避它和遺忘它，但它黑暗的重力，還是在暗夜裡牽引著我的痛苦，讓我恐懼，讓我羞愧，並否定我的存在。

黑洞就是我人生開始之處，我記憶的核心。在三十歲過後，我終於重新燃起勇氣，向我太太說出我的過去，然後黑洞裡就出現了一絲微弱的光芒。透過我和太太之間漫長的對談，光芒像是在黑暗洞穴裡鏡子的反射。當它調對了角度，光線就照進了記憶裡最黑暗的角落。

只有重新再看清楚侵害者的角色與自己的位置，我才看見了光。那是我理解自己人生藍圖的劇本。這個劇本很爛，我知道，但我必須把它讀完。我會讀到人性裡黑暗的一面，和骯髒的本質，但在釐清那些侵害者和我之間的關係之後，我才能重新看到自己，而那個孩子就在那裡等著我。

抱起黑洞裡被遺忘的孩子，我向他道歉，因為我把他遺忘在這裡三十年。該怎麼讓一個經歷嚴重的痛苦和悲傷的孩子相信，我們現在安全了，可以重新再體會這世界的溫暖和快樂，還有身邊的關懷與愛？

我必須學著重新再當個小孩。了解一個孩子成長中所需要的快樂與關懷。我要關愛自己內心深處的那個孩子，學會快樂，學會和他一起玩，學會和他一起度過難關。即使眼前沒有對策，我也要讓他知道，我就一直在這裡，陪著他，度過恐懼與黑暗。

我一直想讓別人看到我，但別人只是一面鏡子，我真正想要的，是透過不同的鏡子，看清我自身的存在位置。所以，我不斷地嘗試說，在朋友面前說，在公開的場合說。我看到了許許多多看我的眼神，那一閃而逝的眼神是人性深處的鏡子，讓我看到各種可能。有時是冷漠的，有時是疑惑的，有時是充滿哀傷的，有時是震驚的。有時只是單純的訝異，但隨後竟然充滿了好奇，那真是少數奇特的時刻，有人竟然不會害怕我這麼黑暗的人生，可以交流和探討那些經歷的意義。

每個人大概都有短暫的這些時刻，讓我能觀察和交流我們之間的能量。那是珍貴的。黑洞不再只是黑洞，它成為新的恆星，和另一個星系的恆星產生了新的引力。尋求復原的我，努力讓我的宇宙運轉。

恐懼

在讀大學的時候，聖喬治屠龍和大衛挑戰巨人是我最喜歡的作品之一，並非因為宗教因素，而是因為我深刻地體會到，人面對恐懼，可以有多脆弱，而這些故事展現的是，人克服恐懼的意象。

我的恐懼像是一條龍。在我被性侵之後，這條龍從此和我形影不離。牠不受我操控，而且會傷害我、吃掉我。我從未戰勝過牠，牠也從未馴服於我，我只能試圖讓牠沉睡，讓牠隔離在我內心深處的牢籠裡。

《魔戒》的作者托爾金寫得好。他寫，若有龍的存在，最好的方法，就是不要吵醒龍。若你吵醒了一隻龍，只能用話語拖延，或干擾牠的注意，讓牠忘記要吃掉你。你沒辦法殺死一隻龍，因為牠就是你的一部分，牠就是你在人生最痛苦時所衍生的象徵。

年歲漸長，我才了解我不可能殺死恐懼的感覺。恐懼只是一個代名詞，牠包含的是人生各個階段苦難與困惑，所產生的感受總和。牠之所以對我傷害如此猛烈而深刻，是因為牠就是我內心深處最脆弱的創傷。牠反覆地噬咬自己，在困惑和不理解之中，反覆地傷害自己。

我無法改變我過去的遭遇，但我可以理解牠的由來與生成的來源。翻開我的恐懼，牠像是一本書，清楚記載著我人生的各種創傷與壓抑。有些傷痛我已經理解，牠就無法再傷害我，但有些傷痛仍然被掩蓋，在我試圖去理解、減弱、抑制、阻斷生成恐懼的條件與因素的過程中，牠雖然沒有消失，但牠也沒有過去的力道可以傷害我。我看到牠的極限，以及控制牠的可能。

我內心的龍，牠是我人生中混亂的象徵。一直以來，我試圖控制牠、壓抑牠、鎮壓牠的存在。當牠出現時，牠在我內心掀起狂亂的風暴。我試圖把身體當成巨大的容器，意圖穩固、緊密這個容器，將這些狂亂的痛苦，緊緊地鎖在心裡。我筋疲力竭，傷痕累累，但毫無成果。每隔一段時間，牠就會占據我，帶給我更多的痛苦、混亂及恐懼。

那是虐待的本質，他們傷害你／妳，並且禁止你／妳說痛，讓你／妳孤獨、看不見希望。兒童虐待，則是將這種痛苦乘以數十年，而且傷害你／妳的人，還是妳／你本來應該最信賴的照顧者。

忍耐，曾經是我們過去生存唯一的選擇與方法。我們必須咬緊牙關，撐過否定我們生存的種種難關，而這樣一忍，通常就是幾十年。

過去曾是最重要的生存法則，但在遠離虐待之後的今日，卻成為有些成人的另一個難題。痛苦，說不出來；感覺，無法流動。內心中唯一運作最波濤洶湧的感覺，是孤獨、是痛苦、是說不出口的恐懼。

有時為了壓抑、掩蓋這些痛苦，活下來的人，會選擇另一種更強的感覺，意圖將這種痛苦強壓下去，例如吸毒、酗酒、自殘等。用任何一種可以讓身體超過負荷的行為，意圖將痛苦逐出體外，或者用更極端的方式，讓身體當機，讓身體無法再感受到任何痛苦。三十年過去，我一直以為這就是我人生唯一的真實。我的痛苦，只有我能體會。我的哀傷，只能在無人所及的內心深處流動。

在閱讀的過程裡，我漸漸理解到一件事，我的痛苦與哀傷並非不可言喻的，只是它過於長久、過於龐大。我必須在一個安全而平靜的環境下，慢慢地，依照我的步調述說。

當龍再次出現時，恐懼與痛苦的風暴也再次來襲，只是，這次我是在一個安全的環境之下。我跟太太說：「我要去一個很遠的地方，我希望妳在這裡陪我。」

她說好，但她問我要去哪裡。

我說：「我也不知道。」

然後我就坐下來，去感覺、感受那個痛苦與恐懼的風暴會帶我去哪裡。反正牠一直都在，也一定會出現，不如我就好好地感覺。

通常在這些感覺之後，我會和我太太訴說一些痛苦的回憶。有時，她會陪我一起流淚，有時，她無法理解，因為那些情境實在太過瘋狂，但她會告訴我，她愛我，她支持我，她會一直在這裡陪伴我。

對我而言，這是最真實的安慰。有時，我會說一些成長過程裡習以為常的事。她會大感訝異，我竟然能在那種環境下活下來。

我和我愛的人一起接納我人生中最痛苦的一部分，但我必須說出來，讓她理解，也讓我自己理解，那是有人曾經施加於我的傷害。那不是我的錯，我不需要再忍耐。我可以說出來，我可以讓感覺釋放。

哀傷

我無法哭。在我成年之後，我很自然地以為「不哭」是堅強的表現，也害怕哭泣，會讓人覺得我軟弱。但我忘記的是，三歲時，性侵我的那群人在欺負我時，會嘲笑我軟弱，嘲笑我愛哭，嘲笑我不是一個男孩子，嘲弄我是個愛哭鬼，連這點

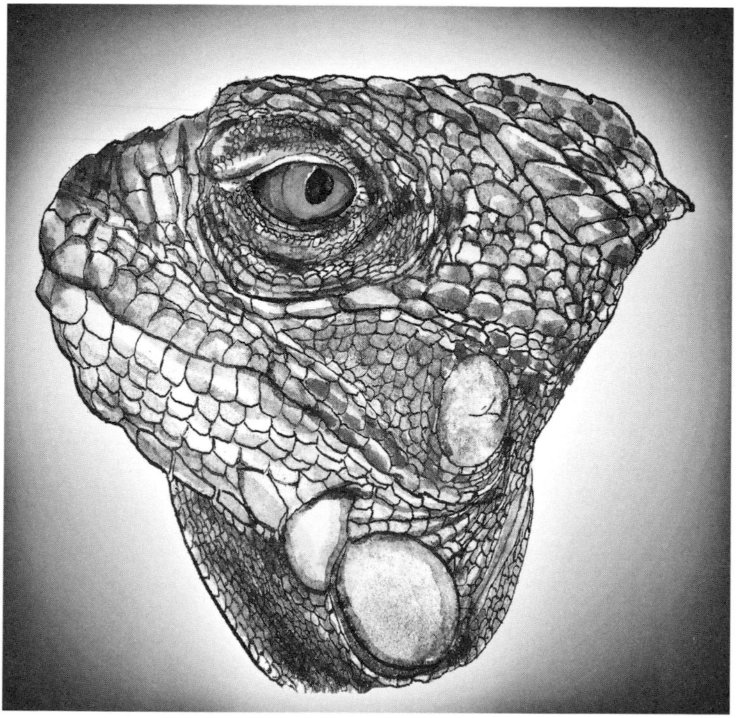

代表恐懼的龍。

「小」事都要哭。這是許多倖存者童年遭遇的一項嚴苛的生存條件：我們所表達的情緒，從未受到嚴肅地對待，不是被當成毫無意義的反應，就是遭受嘲笑、鄙視。更糟的是，有時，會因為這些情緒反應而遭受更多的暴力或性侵。

很自然地，我所發展出來的生存技能之一，就是不表達情緒，至少不在那些侵害我的人面前展現。我會忍住眼淚，我會忍住痛苦，我會聽不見嘲笑，我會壓抑我的情緒。在成長的過程裡，我自然地將所有的情緒起伏，視為危險象徵。即使只是一群人快樂地笑，我也覺得是危險的。

在許多倖存者的自述裡，通常都可以辨別出多種形式的虐待，而情緒的忽略、扭曲與壓抑，屬於情緒上的虐待。

在嚴苛的生存環境裡，我們怎麼會記得我們忍住的那幾滴眼淚呢？但那些眼淚，象徵我們人生傷痛的起源。那些眼淚是真實的，我們的傷痛是真的，每一滴眼淚凝聚的是我們每一刻的痛苦回憶。

當我感受到安全、不受批判，並且是全然被接納時，過去痛苦的回憶就開始慢慢湧現，悲傷也慢慢湧現。

我不需要忍耐，不需要再把悲傷的回憶鎖在心裡。今天，我告訴自己，不用再刻意強忍眼淚。這些眼淚是我人生的真相。我為我的遭遇感到悲哀，是件再自然不過的事。

憤怒

每天、每次當我躺下，閉上眼睛時，我的胸口就會燃起怒火。想起童年那一段暗無天日的生活，便讓我憤怒。憑什麼他們可以傷害我？憑什麼他們不讓我睡覺？憑什麼他們可以不給我吃飯？而憑什麼，我在遭遇這麼多困難時，我父母可以裝作不知道？接著我又想起，我父母不是不知道，他們就是決定讓我在這種痛苦生活中掙扎的始作俑者。

每天晚上，怒火點燃我的雙眼。恐慌與惡夢充滿整個夜晚，我無法入睡。直到黎明，我才可能疲累地睡著。

每次，我問起為什麼要送我去奶媽家時，我父母就會迴避我的眼神。我父母告訴我，他們那時候破產，然而那時三歲的我，已經知道他們買了新家，而且還花錢把我寄養在奶媽家。所以他們破產是一個三歲小孩都知道的爛謊言，他們卻對我說了三十年，從沒改過。在成長的時期，我不想失去他們的愛，我每天就在壓抑憤怒與一再的失落中度過。

在我受虐的童年裡，我深刻地感到受害的無助與他人的冷漠。曾經，我以為這是唯一的真相。但在我重拾回憶與感覺之後，我重新認清我身邊的關係與價值。我拋棄傷害我的關係，我尋找我想要的價值。

背叛

當我憶起童年被性侵的回憶時，我選擇和家人先分享這些回憶與感覺，但他們的回應，讓我難以置信，但同時又覺得相當熟悉。我不知道該怎麼形容，那種感覺應該就叫「背叛」吧？

我的哥哥們是這樣說的：「沒那麼嚴重。」「你過度反應。」「他們（我父母）

沒有錯。」「是我，我也會做一樣的事（指把我留在奶媽家）。」「他們對你已經是很好的了。」

我父母是這樣說：「你記錯了。」「你太小了，不會記得。」「你在那裡的時間沒那麼長，沒那麼嚴重。」「他們（指性侵我的人）只是教小孩太粗魯。」「被性侵是丟臉的事，不要說出去。」「我們年紀大了，身體不好。」

直到我閱讀有關性侵與心理治療的書籍，我才知道我當時經歷的階段叫「面質」（confrontation），也就是和性侵事件中未負起保護責任的照顧者或加害者，當面討論性侵的事實，而這是一個艱辛、充滿困難與傷害的過程。

對應該負起保護責任的父母而言，受害者陳述的事實，就是對他們未盡到保護自己小孩責任的指控（尤其是在兒童受到亂倫傷害的情況下）。這些人，多數會盡力地迴避、拖延、否認，有時，甚至會使用暴力傷害陳述中的受害人。書中的描述，讓我有種時空錯亂的錯覺。我以為書中描述的是我家人的反應，但實際上，它描述的是普遍兒童虐待倖存者在質問他們的父母時，所會遭受的傷害。

當我下定決心和父母面質時，許多關心我的親友都勸我不要。因為任何一個人都

這個家沒有著火！

知道，我父母犯的錯誤不知要從何說起，而當面質問他們，恐怕只會讓我的傷害更難以預計。

我能感覺到這些親友對我的關懷是真心的，但有些事情，我想親口告訴我的父母，而有些事情，必須要我自己親身去完成。這個過程，會讓我更清楚父母的想法和態度，也會讓我更清楚我自己的感受。

在面質過程中，對於家人的逃避、否定與背叛，我感覺非常痛苦，但又感到十分熟悉與合理。因為，過去三十年他們就是這樣對待我的，他們並沒有因為我的經歷與感受，而改變對我的冷漠與傷害。

如同三十年前，在我三歲的時候，他們把我放在奶媽家裡，讓奶媽一家四口性侵我。當時，我迫切地希望有人能帶我離開那個恐怖的地方，但他們只有每個禮拜日，也就是日曆上那個「綠色的日子」才會出現。而他們出現時，大概就是待半個小時，和奶媽談談話，然後跟我說一兩句話，或一句話也沒說，他們就走了，然後我就必須再等下個禮拜，也繼續在這些性侵我的人掌控下，尋找生路。

每天，我閉上眼睛，希望他們會出現在我面前，然後我張開眼睛，他們沒有出現，然後我又再想起，是他們把我放在這裡的，是他們選擇把我一個人遺留在這恐怖的地方，讓我獨自面對這些侵害我的人。每天、無時無刻，我陷入絕望裡。他們不會來，我必須靠自己。

在某一個他們來探訪我的「綠色日子」，我拒絕看他們。我躲在奶爸、奶媽性侵我的臥房裡，我很期待他們進來找我，帶我離開這裡。十分鐘後，他們離開了。我自己一個人留在房間裡。我感覺不到任何感覺。我感覺我飄浮在空中，我不知道自己在哪裡。我心裡有個巨大的空洞，但我感覺不到痛苦，也感覺不到哀傷。這種「沒有感覺」的感覺，持續了三十年，占據了我生命很大的部分。

我的家人遺棄了我，讓我日夜獨自面對性侵我的人三年。當你生命中最重要的人，在你最需要幫助的時候背棄你，你對人的信任感會徹底粉碎，更不用說是脆弱而需要保護的兒童。

三十年前，他們是如此對待我，三十年後，我和他們面質，他們也沒有任何改變，而這就是我堅持決定和他們面質的意義：我嘗試打開大門，無論他們做過多少傷害過我的事。我嘗試溝通，但他們沒有試圖要理解，反而選擇一貫的消極和否定

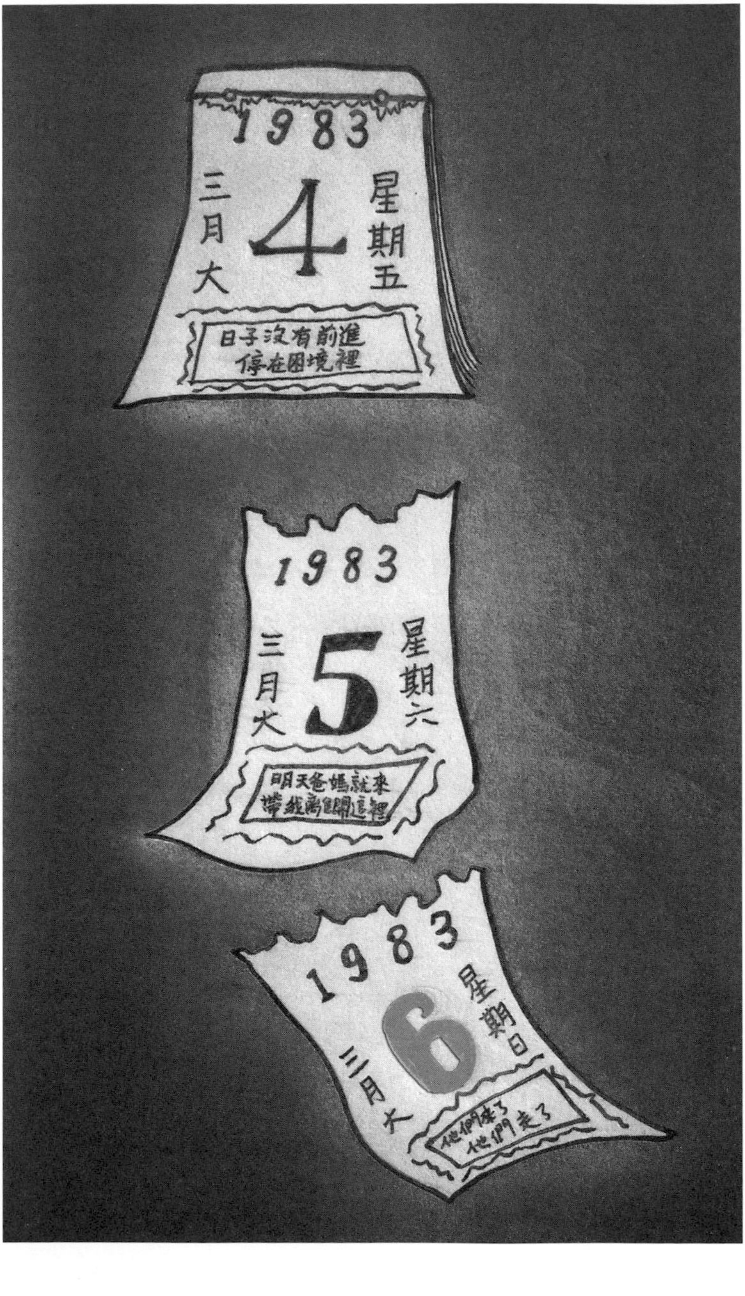
1983
三月大
4
星期五
日子沒有前進
停在困境裡
1983
三月大
5
星期六
明天爸媽就來
帶我離開這裡
1983
三月大
6
星期日
他們來了
他們走了

綠色的日子。

的態度。我知道了，我看清楚了，我在心裡跟他們說了再見，我要繼續往前走了。

背叛是我所遭遇裡最悲傷的痛，它改變了我的一生，我不斷地思考該如何面對這樣的傷痛。

不被愛的感受

在我的成長過程中，讓我最痛苦的是家人的漠視與背叛。我不斷尋找能聆聽我痛苦的人，但在我成長的環境裡，應當值得信任的人，並不在意我的存在。在我最需要幫助的時候，他們不在。在我最痛苦的時候，他們忽視我的感受。

他們視我為他們生活中的麻煩和多餘的存在。那些寫在我父親文人雅興的散文裡的孩子成長文，背後傳達的，都是他們青春歲月被我們小孩浪費的感嘆。我必須保持麻木，才能忘記他們對我生命存在的否定。但，我還是時常會恐懼到無法入睡，或從深層的悲哀裡哭醒過來。

我的爸爸是台灣知名的印刻藝術家，也是散文作家。我爸爸曾經在畫廊和客人聊天時，在大家面前說了一句話：「如果沒有小孩，我的藝術成就會更高。」當時我坐在他旁邊，我很想死，我很想立即從這個世界消失，因為我是他的絆腳石，我是我父母的困難，我是一個多餘的東西。

這是個極為痛苦，卻又相當熟悉的感受：我是多餘的。我三歲時，在奶媽家裡，在一次又一次的等待與絕望之中，我肯定了這樣的感覺。當時性侵我的奶媽，常常對我說，我的家人已經拋棄我了，他們不要我了。但硬脖子的我，就是死不肯承認她所說的話，所以我處在一個被拋棄與不承認被拋棄的矛盾情感中，帶著這樣的矛盾與痛苦成長。

在回家後，我非常希望和父母建立情感的聯繫。我和哥哥不同，我時常表現出憤怒，與對父母有強烈需求的情緒。我記得剛回家時，我一直緊抓住我媽的手不敢放開。媽媽很生氣地把我的手甩開，她說我妨礙她做事。之後，我就只敢抓媽媽的衣角。外出時，我則緊抓她的包包。她的包包就這樣被我抓壞了十幾個。

遺忘

在我記憶剛回復的那一段時間裡，我曾經對自己感到非常憤怒與失望。我責怪自己，這麼重要的事，我怎麼會記不起來，我忘記是誰傷害了我，是誰背叛了我的信任，並無視我的痛苦、孤立我。但在走過一段復原的歷程之後，我對童年的自己有了更多的諒解：遺忘，是為了保護自己。

我經歷了太過嚴苛的環境。三歲的我，過於脆弱，在度過那樣殘酷的生存困境之後，我的心靈選擇遺忘，以減輕成長的負擔。但遺忘是要付出代價的。我時常感覺我活在真空之中，在另外一個時空宇宙裡，看著自己浮沉，我無法，也無力拾起我的感覺，任何一種感覺就像失去了真實一般空虛，而我完全不懂為什麼。

我向童年的自己道歉。對不起，我將你遺忘在那段恐怖的童年裡。而童年的我告訴我：沒關係，我們走了那麼遠的路，都是為了找回自己。現在，你找回我了。我們會一起努力地活下去。

抽離

感受抽離，一直以來是我的生存策略。畢竟長期面對會傷害與忽略你的人，不投入情感是個好選擇。但這種方式，長久以來也建構出我痛苦和孤單的高台，因為遭受侵害的小孩，常常面對的是長期的侵害與忽略，短期迴避痛苦的感受，是好策略，但長期處於抽離的感受，那種感覺就像是在黑暗的牢籠裡，等不到陽光。所以，今天我試著去掌握自己的人生，除了重新學習與人保持健康的關係外，也學著堅守自己的個人領域，不再讓具傷害性的關係在我生命中延續。

重建這方面的認知，將是一條遠途長征。

尋求改變

被性侵的痛苦回憶，像是把我籠罩在黑暗中，我不知應該往哪裡走，才能擺脫黑暗和痛苦，但在述說和書寫的過程中，我發現自由離我並不遠。事實上，可能就在

不再沉默

我面前，只是困在恐懼跟黑暗的孩子是孤獨的，我不知道方向，更沒有勇氣向前踏任何一步。深怕走錯了一步，會離自己更遙遠。

就這樣，我在黑暗中與恐懼一起關了三十年。等待，等待有人來救我，帶我走。然後我才理解，找對的人，說出想說的話，才能得到真正的支持，並在這支持下，我為自己在黑暗中點起了一盞燈。靠著這盞燈微弱的光線，我開始在黑暗中摸索。

恐懼就在我身邊，我沒有忘記。就像過去我每晚睡在性侵我的人身邊，我會小心翼翼地，避開我的恐懼，不吵醒它。但恐懼會甦醒，在我的生活中，無時無刻告訴著我，它可以傷害我，而我必須保護我為自己點亮的那盞微光，相信無論恐懼再怎麼傷害我，我要的人生就在眼前。即使恐懼拖慢了我的腳步，它也不能阻止我往我要的方向前進。

因為我看到了，我看到了我要的人生，我看到黑暗的止息。只要拿出我的勇氣，再往前踏一步，我就能打開另一段人生的大門。

原諒

在這個社會中，要求受害者「學習原諒」，背後隱含著一種批判的價值。批判受害者不夠堅強、不夠完美、不夠好、不夠仁慈、不夠成熟。受害者在接受此類訊息時，只能得到「我不夠好」、「我遭遇的事是不重要」的感受，並且因為無法做到原諒，再次證明，這是受害者個人的失敗，強化受害者原有的孤立感。

一個受害者需要的，並不是任何形式上的和諧，而是需要有人能理解他們的痛苦、他們的無助、他們的恐懼。他們需要有人聆聽，以及理解、撫平他們的創傷。但我們文化裡卻常選擇忽略強烈、哀傷、恐懼及讓人不舒服的情緒與回憶，直接要求受害者去原諒、去讓事情過去、去忘記。

所謂道歉、原諒這類儀式性的行為對受害者是否有意義？應該取決於受害者的需求，而非加害者覺得自己很有誠意。我也會問自己，那些在我三歲時長期性侵我的四個人，如果出現在我面前，要求我原諒時，我會有何反應？

我的答案很明確，無論他們是上天堂或下地獄，我都不想再見到他們任何一個跟侵害我有關的人。我想過我平靜的生活。我有我愛的人，我有朋友，我有信心我能療癒我自己。我不需要去符合這社會無理的期待，去原諒、包容一個加害人。

每個人在不同脈絡裡的原諒意義都是不同的，並非我的原諒，就可以等同於你／妳的原諒。如果原諒對你／妳的人生具有重大的意義或轉變，那就勇敢去做。身邊只要有支持你／妳的人，你／妳就會有勇氣，去面對未知的困難。

認同、分立與結合

在童年的早期經驗裡，我學會了否定，否定成人試圖對我所做的傷害。作為他們滿足慾望的工具，以及作為被遺棄的孩子，我透過對原生家庭的認同，來否定奶媽家的傷害。

也許這些認同與否定的功能建立來自更早期，我不復記憶的嬰兒期。在那時，我頭上已有一道今日仍可見的疤痕。無論如何，這些認同與否定在我感到被父母背叛的時候，便在我內心深處崩裂為一道巨大的鴻溝。

這道鴻溝，吞噬了所有產生幸福的可能性，阻擋了所有我試圖尋找一個更完整自己的可能性。作為一個天性愉悅、歡樂的兒童，我無法跨越這道鴻溝。作為一個批判、憤世嫉俗的少年，我無法跨越這道鴻溝。作為一個遺忘過去，試圖重新認同家庭的青年，我無法跨越這道鴻溝。只有在中年之後的三十四歲，在我返回記憶之後，在擁抱所有壓抑的痛苦與悲傷之後，我才真正跨越我童年時在意識深處所崩裂的巨大鴻溝。

而在那對岸等我的，正是讓我童年自我分裂的事實，幸福童年的核心要素：父母的愛，並不存在。他們遺留我一人，獨自面對傷害。

五歲之後，我離開嚴重傷害我的環境，但在原生家庭裡，卻也只是一再的印證，我可以得到物質的滋養，但我得不到愛與身體的滋養。我只能保有部分的自我。在絕望的彼岸，在不可跨越的鴻溝之前，我甚至放棄了自己所知的一切，漂浮流蕩到未知的領域裡。我不了解的是，真實的我，一直在我的內心裡，我卻找不到方法看見他。

中年之後，回憶以意外的方式重返我的意識。也是到此時，我才有能力認知與反省當時的一切，然後我也才能擁抱我兒時的痛苦，並認知到這個家庭，並沒有給我一個小孩應有的童年幸福，而過了那個時機之後，他們也永遠不可能補償我那時的失落與痛苦。

我意識到，我現在的幸福，無關乎過去虐待我的人。我也不再無意識地向曾經傷害我的人索求任何補償。我不只實際上遠離傷害我的人，我也在心理上與他們斷絕了情感的連結。

愛一個不愛你的人，只會徒生痛苦，即使他們是父母。而斷絕與他們的連結之後，我發現過去被我壓抑、否定的自我，與我重新自動再連結。許多過往麻木、無力與憂鬱的部分，神奇地痊癒了。

這不是什麼奇幻的故事，這是條痛苦而真實的道路：從童年無意識的認同中分離，認清受傷的事實，並重新拾回一個更好、更完整的自己。

為內在小孩而畫

受性侵害的兒童，某些情緒會停留在被侵害的那個時間裡。受創傷的孩子在成年之後，會有一個孩子停留在心底的深處，等待有人理解我曾經遭遇的創傷所帶來的感受，而人生中，最理解我曾經受到的創傷和感受的，便是我自己。

回到那個時間點，理解他的恐懼、悲憤、無路可走、哀傷與孤獨。陪他一起哭泣，一起度過孤單、無助的每一分鐘。再陪他一起分享那些喜愛的事物，陪他一起快樂、一起遊玩，一起度過抵抗悲傷、曾經快樂的每一分鐘。成年的我們，陪伴著我們內心深處，曾是最孤獨、害怕的我們，學會愛的我們，重新再填補我們心靈裡曾是最空洞的時光。

在這個過程裡，有太太的愛與信任，有助於我內心深處的孩子隨時能安全的出現在我們面前，釋放他的情緒和感受，而愛他的人，一定會在身旁理解和陪伴。

如此重複這樣的心靈活動，直到某一天，我能理解，那個孤獨而哀傷的孩子就是我。而他在我的陪伴之下，已不再哀傷，不再孤獨。他已成年了。他就是我。

我給自己一個簡單的工作，每天畫一樣我喜愛的事物。提醒成年的自己，這是我的童年，我的喜愛。回憶、書寫、繪畫、分享。我告訴自己，人生可以很充實。

貓藝術家

Felis Simha是我在網路上誕生的一個虛擬身分。在此之前，我叫陳三郎，而更早之前，我曾是個快樂的小男孩，我叫陳潔晧。

為何我會需要有三個名字呢？因為身為一個童年被性侵的倖存者，我從未感覺過什麼叫「安全」，我只知道，我必須度過生命一個又一個殘酷的考驗，我才能生存下來。

通常這類的倖存者會有很多名字，因為他／她們渴求著另一種人生：不受侵害的人生。所以他／她們時常會一個名字換過一個名字，一個身分換過一個身分，一個環境換過一個環境，只為了得到一個簡單的感覺：平靜。但最終都是徒勞，因為恐懼深深埋藏在我們的回憶裡。

我內心的貓藝術家。

我曾經一度試圖忘記這些恐怖的回憶，但我真的忘記之後，恐懼的感覺依然日夜侵蝕著我，我只為自己帶來更多的痛苦和疑惑。

每一個經歷創傷的倖存者，都想擺脫這些痛苦，但卻不知從何開始，所以我們只能一直逃，從一個荒漠跳進另一個荒漠。

誰是Felis Simha？Felis Simha是我重拾我人生中最痛苦的回憶時所創造的身分。大概是在寫這本書的一年前，當我漸漸開始憶起所有事情時，我也一步步走進絕望感受的深淵裡。當世界一片黑暗時，我想起了一點光芒，那就是我曾經是個快樂的孩子，我喜歡玩，我喜歡看卡通，我喜歡畫畫。

我記得我家人剛送我到奶媽家時，我在家人和奶媽一家人面前開心地畫畫。大家都在稱讚我很會畫畫。我好開心，那曾是我人生最幸福的一刻。畫著、畫著，不知道何時，我的父母就靜靜地不見了。我以為他們會回來，但他們沒有。我問奶媽，他們在哪裡，但她沒有理我。奶媽和她女兒突然把我手上的筆一把搶走，我嚇了一跳。

正在疑惑怎麼回事時，她們把我桌上所有的彩色筆都收了起來，並在我面前，把我的畫撕了。我在驚恐中得不到任何回應。她們好像無視我的存在一般。似乎，我只是一顆路邊礙事的石頭。

之後，他們一家四口就性侵了我，這是我人生痛苦的開始，也是我童年快樂的結束。但我記得我確實曾經是快樂過的，即使是年紀小到我的記憶有點模糊，但我記得快樂的感覺，是畫畫，是我對這世界還充滿新奇與愛的時候。

當我在感到痛苦、絕望時，我會幻想，我會看著一張桌子或椅子，幻想它是我的朋友。它會聽我說話，而我會把所有的快樂和痛苦告訴它，我知道它會理解。我會尋找物體上任何的黑點或圓點，把它們當作另一個生命的眼睛。我會花上很久的時間看著它們，想像它們也正在看著我，和我說話。在我憶起我人生最痛苦的回憶時，我同時也想起了幻想對我的意義。

在這段漫長的回憶歷程裡，成年的我創造了Felis Simha。Felis是拉丁文裡的「貓屬」的意思，Simha則是梵文裡「獅子」的意思。創造這個名字，純然是我對動物的喜愛，尤其是貓科動物。這個意象結合了我幼年對繪畫的喜愛，它幻化為一個貓藝術家，出現在我的內心裡，它代表著我過去與現在，對生命的期待與熱忱。它是創造與快樂的泉源，它在我絕望的深淵裡，點起了一盞燈，陪我走過了黑暗與痛苦。而我知道，無論我經歷多少黑暗與痛苦，他一直都會在。他是活生生的貓藝術家。他就是我。

夢

許多感覺敏銳的兒童或青少年，會有一個相似的夢：自己是具死屍，而家人正在埋葬自己，或者家人就是殺死自己的兇手。這夢境呈現了小孩在極需關注與安撫的情況下，主要照顧者卻忽略或漠視兒童的身、心需求。兒童無止境的焦慮，在夢中轉化為如死屍般被活埋的意象，而活埋（或殺死）自己的，正是兒童日常生活中，不可迴避的主要照顧者。

夢境以象徵和隱喻的手法再現日常生活與回憶中的困境，其中之一的目的，在向意識傳遞重大的訊息。通常，這些訊息都與心靈的整合有關。若能深入理解自己的夢境，便有機會深入理解自己。心理大師榮格說：「沒有無意義的夢，只有不理解夢的人。」

曾經有創傷經驗的人，時常會試圖將這些不好的感覺與回憶壓抑與隔離，而壓抑的結果，會使自己的意識與內在的心靈失去連結，造成身、心不統合，以及痛苦及疏離的感受。夢境喚起失落心靈的困境，同時也創造重新理解內在心靈的機會。惡夢並非只是單純的惡夢，它同時在傳遞訊息，讓自我與恐懼的內在因素有正面對話的機會。

心靈的創傷會使人生病，但同樣的，心靈也具有復原的能力，但是，你／妳必須相信它的努力。

幼年的我，每天都被惡夢所困擾。因為惡夢過於頻繁地發生，讓我不敢入睡，也睡眠不足。我得不到心理上的支持與幫助，直到某天，我從電視的卡通裡聽到幾句話：「我知道我在做夢。這是我的夢境。我的夢裡沒有人可以傷害我。」這個認知對幼年的我，猶如石破天驚，給了我龐大的鼓舞。

我帶著這樣的信心，成功擊敗了幾次重複出現的惡夢。雖然惡夢在我成長歷程裡並未消失，但我得以重拾部分的信心。

當時，我並不理解，我因為每天重複出現的惡夢，而指認出夢境運作的模式，也就是夢兆。指認出夢兆的存在，讓我在夢裡，明確地意識到這是我的夢，而放膽進一步試圖和惡夢對抗、互動及溝通，同時也是與我的內在心靈對話。

這件事對當時的我減輕焦慮有明顯的幫助，但我仍無法改變與對抗扭曲的外在現實。

二十多年前，我曾做一個惡夢，它給我非常真實而強烈的感受，所以我一直記得。

夢中有幾隻猩猩，要從原野走上山坡，山坡上有巨大的帳篷，猩猩們要走進帳篷入口。入口有兩個守衛，手上拿著槍，不讓猩猩們進去，守衛後來用槍射死了其中幾隻猩猩。當我看著猩猩的屍體從山坡上滾下去，感覺一部分的我也死去，我那時感到異常地哀傷與憤怒。沒被打死的最後一隻猩猩憤怒異常地舉起巨大的拳頭，將兩個守衛打成肉餅。

我在驚嚇中醒來，感到異常痛苦與哀傷。

這是個述說我與父母之間關係的夢。當時風行一時的漫畫《七龍珠》，其中有一段劇情是，主角在半夜變成巨大的猩猩，踏死照顧他的爺爺。年幼的我，對這段劇情感到相當震撼，因為我從未想過小孩有力量可以「踏死」他的主要照顧者。

猩猩在此悄悄地進入我的夢境裡，但這並非關鍵的因素。直到我在父母的新家，理解到他們永遠也不可能接納我的恐懼和情緒時，我的父母成為在我夢中，禁止我進入帳篷（更廣闊的心靈領域）的守衛，並且成為殺死我真正本能與感受（猩猩）的人。

他們殺死猩猩，猩猩也殺死他們。我們之間關係的緊張，毫無迴避地展現在激烈的夢境中。當時的我，並不懂猩猩與守衛的殺戮在我夢中的意涵，但我深深為死去和倖存的猩猩感到哀傷。

在我寫這本書時，我三十五歲。我第二次夢到猩猩再度造訪我的夢。當時，我和家人面質已過了一年多，我也選擇不再跟他們見面。我的復原之路正在向前邁進。夢裡，我正在和太太及她的家人逛夜市，愉悅與安全的感覺籠罩著我。突然，一隻白色的巨大猩猩出現在城市裡，所有人都恐慌著爭相避難。我帶著太太和家人到學校裡避難。

我夢中的守護者：白色猩猩。

我們躲在狹小的走廊裡，比建築物還巨大的猩猩無法進到學校裡來，牠便在學校中央的草皮坐著，似乎在等待什麼。

我試圖用繩索綁住牠，但牠一點也沒感覺，對牠毫無影響。但我知道牠在找我，我感到很害怕。我從走廊的圍牆偷看牠，牠也看到了我，我趕快縮在牆下，避開牠搜尋的目光。

然而，神奇的一刻發生了。猩猩跳進了我眼前狹小的走廊。在跳躍的過程裡，牠緩慢而優雅地變形，縮小成為一隻長毛的大白貓。

長毛貓優雅地降落在我眼前。牠轉過頭來，清澈而深藍的眼睛看著我。我知道我再也無法躲避。

這是一個神奇的轉化之夢。夢裡，我和失落已久的自己再次相遇。

所有的關係及外在現實條件有了一定程度的處理和穩定之後，在我不經意的快樂感受裡，過去倖存而被我遺忘的猩猩，再次來找我。

我年齡變大了，牠則變為一頭巨大而莊嚴的野獸。我怕牠，牠就是真實的我。接近三十年的歲月裡，我從來不敢去想牠的存在，而牠也就隱藏在我心靈深處，守護著我。

當牠來找我時，世界被牠改寫了，我認識的舊有秩序全然崩壞了。我在顫抖中四處逃竄，深怕真實的我，找到逃避的我。我不敢看牠的眼睛，我躲在狹小的建築裡。

但，最終發生了我自己完全無法意料的奇妙變化：猩猩變形為貓，過去狂暴而令人恐懼的象徵，轉化為優雅而靈巧的意象，跳進我躲藏的空間，並告訴我，我不需要再逃避自己了。

這個夢，發生在我釐清與學習處理我人生中重大的傷害之後，也代表著，只有在努力面對這些困難之後，轉化的感受，才有發生的可能。

五、寫給在復原路上的你／妳

五、寫給在復原路上的你／妳

在書寫這本書時，我思考的讀者對象，是跟我有類似經歷的人，或是想幫助有類似經歷的親友度過難關的人，所以本章在書寫時，除了我自己的經歷之外，也會有「你」或「妳」，或「我們」這樣的人稱。這樣的寫法，是在呼喚具有類似經歷的朋友，你們不是孤獨的。

書寫時，我會刻意分別出受害者（victim）與倖存者（survivor，或譯作「生存者」），我會選擇使用「倖存」，是因為我覺得我能活下來，是一種僥倖）的差異，在於受害者是屬於正在受害情境，或受害後仍暴露在可能受害情況下的位置，而特意再指出倖存者的位置，是想告訴曾有受害經驗者，妳／你已在一個不受害的情況之下，你／妳需要的是劫後餘生的復原工作。

感覺

感覺是我們在知識與其他能力尚未建立之前，就已經充分存在的能力。透過感官，我們產生各種感覺，以及留下這些感覺的回憶。我們隨時在生產感覺，這可以說是我們人生中最珍貴，也最容易被忽略的產物。而像我這樣經歷童年性侵與虐待的倖存者而言，我留下了許多痛苦的感覺。

一般人很難想像，一個身體與心靈尚在成長的兒童，要怎麼度過殘酷的虐待，並且活下來。確實有些人活下來了，但有些兒童活不下來，這也是我們這個社會必須積極保護兒童的原因。

我在成長的過程裡，必須以各種極端的策略，帶著勇氣與智慧，去克服生存的威脅，並且慢慢遠離那些讓我感到危險的情境。

倖存者會帶著許多痛苦，以及許多一般人難以理解的感覺活著。由於虐待常在成長中伴隨著孤立、忽視與歧視等現象，所以我常學會去壓抑、隱藏那些痛苦的感覺與回憶，而有些人則進一步去否定、偽裝、遺忘這些感覺與回憶。

壓抑、隱藏這些痛苦的感覺，是我們在成長中孤立無援時所衍生的生存策略，那是非常時期所使用的非常方法。但一個正常的感覺，是應該得到釋放的。例如悲傷時我們需要流淚、憤怒時需要發洩、痛苦時需要陪伴。但必須再說一次，一般人很難理解一個受虐的兒童在成長歷程裡是沒有這些幫助的，很多受虐的兒童甚至會因為表達情緒而遭受更多的虐待，所以一個倖存者對表達感覺與情緒是和危險的回憶緊密相連的。

許多的受虐者必須等到他／她真的感到安全時，才能將這些感覺與回憶慢慢說出來。有時是成年以後，十幾年之後，我則是三十年後才能說清楚，每個人條件差異很大。但受虐者若能越早得到幫助，則能越早開始處理這些令人痛苦的感覺與回憶。

看不見的手

在談論兒童受到性侵的案件時，常會提到「看不見的手」。意思是在某種條件影響下，兒童沒有能力說出他／她所遭遇的事情，可能是認知不足、表達不清，或仍在遭受控制的狀況下。

有很高比例的兒童性侵加害者，是兒童熟識的長輩，例如父親性侵女兒，而更糟糕的狀況是，家中其他成員，例如母親，知道這件事，但選擇保持沉默，或要求受害者保持沉默，這是嚴重的二次傷害，而且會是造成下次再遭受性侵的因素之一。

並非每個人都有條件能述說自己的創傷，因為加害者有可能還在持續影響著受害者的生活。在什麼場合、什麼條件下，告訴誰，決定著你／妳會受到更多傷害，或是能得到支持與理解。

我在書寫過去遭受性侵的過程裡，也有各種考量，除了希望能得到理解與支持之外，也是完成三十年前對自己的承諾。不能忘記，而且要清楚地讓所有人理解，曾經發生過什麼事。

看不見的手。

壓抑

許多的文化與教養，常強調壓抑、轉移或忽略小孩子的感覺，也就是讓小孩獨自面對許多無所適從的感覺，但小孩卻學不會處理感覺的方法，這只是一般的狀況。而受虐的小孩必須忍受許多非人性的對待，並且常常處在被遺棄、忽略與受侵害的痛苦之中。

一個倖存者，必須重新學習不再壓抑感覺，並且學會表達感覺。一步步，讓感覺像水一樣，從身體裡流溢出來。

在這個過程裡，妳／你會感到非常不適與不安，因為，過去這些感覺一直都是與危險畫上等號。引用《哭泣的小王子》裡的一句話：「感覺不會殺死人，但沒有感覺，卻讓人活得像行屍走肉一樣。」

復原的其中一個歷程，就是取回能自然感受的能力。

倖存者必須學會尋找讓自己感到安全的環境，去釋放感覺，更好的話，則能有朋友的陪伴與支持。但沒有朋友會讀心術，你／妳必須說出自己正在經歷什麼樣的痛

不可能的平衡。

苦與感受，並且希望得到什麼樣的幫助與陪伴。

不要對妳／你的夥伴要求太高。一般人不容易理解我們的經歷，但他／她們還是會給予很大的幫助與陪伴。

有時，某種策略或相處無法成功。沒關係，就再試另外一種，一樣一樣慢慢嘗試，你／妳們有足夠的時間去探索所有的感覺，但前提是你／妳要有意願去完成這艱困的任務。

陪伴者也許可以記在心裡的是，妳／你陪伴的朋友曾經經歷危險的處境，並且留下創傷，但他／她以勇氣與意志活了下來。再度揭露這些感覺與回憶，倖存者會感到極端不適與不安全，但這是復原的歷程，有妳／你的接納、陪伴與理解，他／她會復原得更快、更好。至於要做什麼，或該怎麼做，你／妳們必須有耐心，慢慢理解與探索。

在大部分的時間裡，倖存者是最了解自己需求的人（有疑惑，就提出來與朋友討論），而陪伴者的存在本身，就已經發揮了有效的療癒功能，見證、陪伴倖存者經歷復原，最主要的還是耐心、理解與接納。

察覺創傷

在許多錯誤的教養概念裡，強調以恐懼、操縱或忽視幼兒的感受，以符合成年人的意志與願望，這類為控制兒童而產生的教養行為，會造成兒童必須強迫壓抑、扭曲自我的感覺，去適應生存所遭遇的殘酷。兒童被迫與自己的真實情感隔絕，並在成長中，深深為自己失落的感覺感到痛苦。

遭受虐待的孩子成長遭遇到分裂的必然：真實的感受與殘酷現實分裂的必然。當孩子在恐懼、受辱、受創的環境之中，學會以壓抑的方式回應現實，他／她便將自己劃分成分裂的自我：一個是不允許被感受、被看見的真實自我；另一個，則是要求「控制」、「長大」、「符合（成人）期待」的自我。

兒童本能地尋求希望與愛的依附，卻被迫在這些受虐的條件中，尋求正向的希望與意義，而將成人扭曲的價值與行為與自我緊密地結合。

長年扭曲教養下的結果，這種心靈內在分裂的狀態，便不知不覺被帶到成年，並以各種身心困難的症狀、樣貌呈現。

童年受虐的成人，就像是情感上被禁止成長的小孩。所有的情緒、反應，依然停留在幼兒時受創的階段。即使他們能在理智和語言上認知各種情感和價值的存在，但卻時常受困於兒時受創的情節當中，而無法真實理解和感受這些情感的意義。

有人小時候時常被爸爸用香菸燙。治療師說：「你被虐待。」那人感到很訝異，因為他即使到了成人，也不認為自己曾被虐待過。

治療師便以另一個角度，問他：「如果你看到一個小孩被香菸燙，你會不會認為他受到虐待？」那人才恍然大悟，他曾經遭受虐待。

這是一個典型的例子，說明一個受虐者無法理解自己的處遇，因為我們在常識和價值建立起來之前，我們就在接受虐待。

有時長期被虐待的兒童，無法理解為何事情是這樣發生的，且施虐者常孤立受虐者。受虐者在成長時期得不到其他資訊，在沒有選擇的狀況之下，便會產生即使到了成年，只會覺得自己哪裡「怪怪的」，卻說不出原因的狀況。

無論是治療師、互助團體、社會資源的介入，若受虐者或旁觀者能越早察覺到受虐的徵兆與情境，便越有機會，讓受虐者提早離開受虐的環境與感受。

對一個尋求復原的倖存者而言，一個關懷或曾有類似遭遇的人就像一面鏡子，提供另一種看待自己的方式，讓自己看到自己的過去。

寫作也是一種方式，讓我們有機會以第三人稱的角度，記錄並再次體驗自己的處遇。

任何一種形式的分享，都是珍貴的。施虐者控制受虐者的策略，最重要的手段之一就是孤立，而透過分享，看到人生處遇的相似性或差異性，開啟我們再次看到自己的機會。

混淆

除了之前提過倖存者會有無法感覺的困難以外，倖存者在某些狀況下，還會有感覺混淆的問題。尤其是當性侵加害者是這個社會認可的主要照顧者：父母、師長、保母、親友、熟識的長者等，受侵害的兒童可能會得到錯誤的資訊，也就是愛與虐待之間是無法分離的。

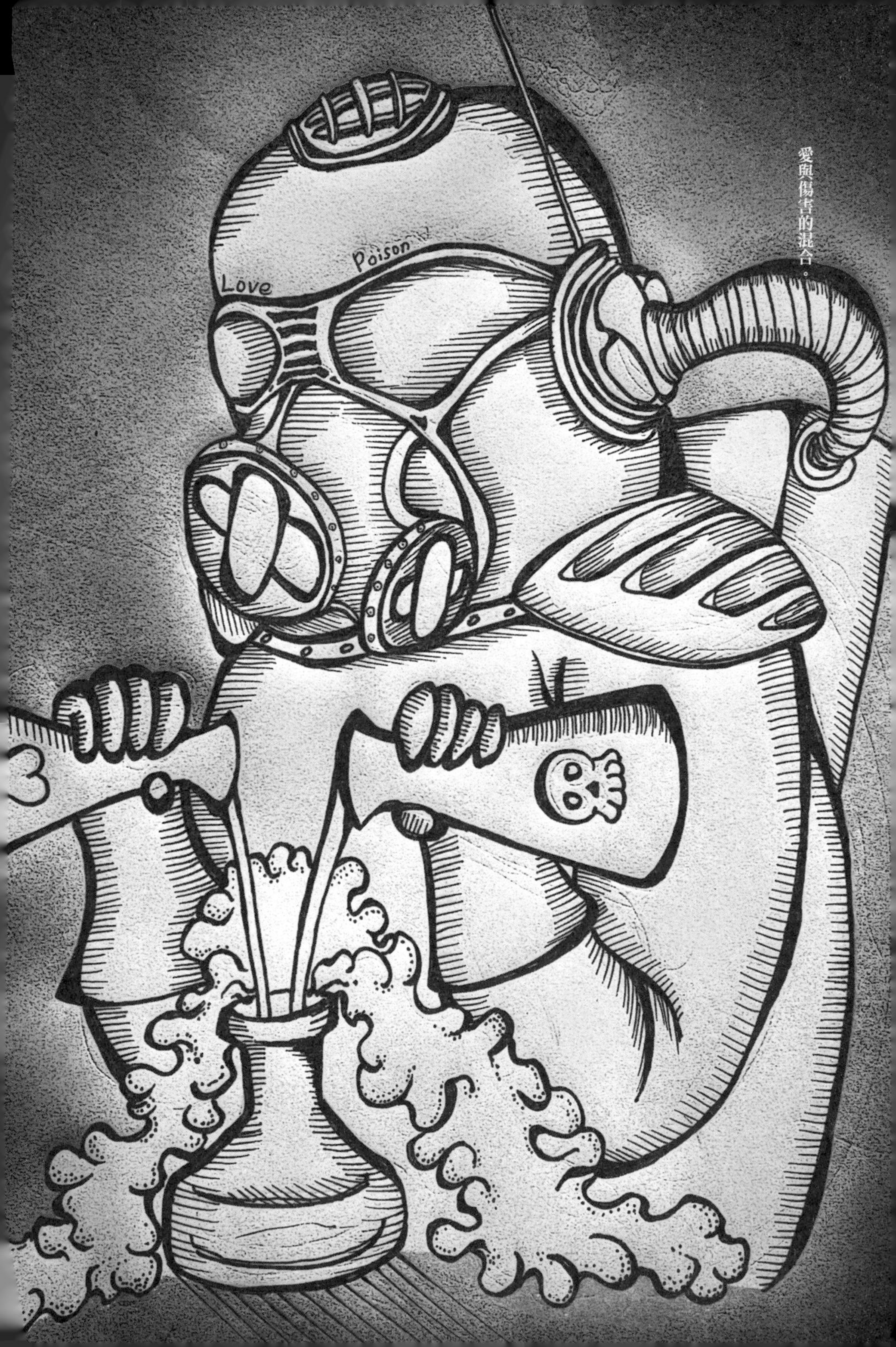

愛與傷害的混合。

經歷過侵害的兒童，無法不去對照顧者感到恐懼。他／她既是施虐者，同時也是照顧者。在得到照顧者的「愛」時，無法不去恐懼，下一刻，他／她就會進行性侵、毆打或言語上的攻擊。

我聽過一個長期受害的倖存者說：「愛，就是傷害。」這讓我感覺非常心碎。因為一個已脫離虐待情境的倖存者，即使已沒有受害的因素存在，他／她依然無法區分好的感覺與壞的感覺、被愛的感覺與被傷害的感覺，或是快樂的感覺與痛苦的感覺。

因為在我們成長的過程裡，它們是伴隨而來、密不可分的，甚至有些侵害者會刻意扭曲侵害的行為，告訴受害的兒童，這是愛的一部分。

童年受虐的倖存者因為成長時期資訊的缺乏，在這些有限的資訊中，得到錯誤的結論，例如被愛就無法避免被傷害，或進一步認為，愛就是傷害。

倖存者只有得到新的觀點及視野，才有機會突破這些錯誤感覺之間的連結，所以從閱讀及朋友的幫助中，得到新的想法是重要的。倖存者會因為新的觀點而感到疑惑或矛盾，當進一步提出來討論時，就會有出現轉變的機會。

完美主義

童年因為性侵受虐的倖存者，會有嚴重的自尊損害與不真實的自我形象。如果你／妳看過戰爭片裡俘虜營的描述，就大概能理解長期處在虐待的情況下，很難保有自尊與自我形象。

對長期受虐的兒童而言，我們很清楚我們無法控制虐待事件的發生。我們必須學會察言觀色，因為我們隨時處於威脅與恐懼之中。再小的幼兒，都清楚何謂生命的威脅，也清楚我們沒有任何機會抵抗施虐者，所以我們必須學會屈服。在屈服與求生的掙扎裡，沒有任何資訊參考的兒童很容易認為自己是自卑而無能的，而這個信念若沒得到察覺，就會帶到成人倖存者的生活裡。

因為無力保護自己，所以持續受虐。在這種情況下，受虐的兒童常會出現極端的思考，意即只有完美的人才有可能免於傷害，但我們又十分清楚我們不可能是完美的人，所以倖存者身上會出現兩種極端現象：一是在焦慮中，永遠無法滿足的完美主義者；二是認定自己不可能是完美的人，所以必然是全然無用的人。

這種完美主義存在於潛意識裡，很多倖存者甚至不知道為何要為自己訂定如此嚴苛而不可及的標準。一旦達不到，就會感到羞愧與自我厭惡，但即使真的達到之後，也只有更多焦慮與不安全感。因為我們永遠可以發現更完美的存在，而如果我們不是完美的存在，兒時虐待的陰影就會再現。

這種想法，基本上對倖存者是一種嚴重的精神折磨。倖存者必須學會何謂合理的自我形象，並了解世界上沒有人是完美的。

生活中，真實的樣貌不是只有成功和失敗，人的價值，也不是建立在絕對的力量之上。倖存者必須透過接觸更多樣的想法及觀點，來打破童年時嚴峻的條件下所衍生的信念。

接納情緒

我們處在一個以情緒為恥的現代文明裡。我們可以從不同文化對兒童情緒的想法看見，當兒童出現痛苦、難過、生氣等情緒時，成人會以壓抑（例如「再生氣就打你／妳」、「再哭就讓你／妳哭個夠」）、轉移（「買冰淇淋給你／妳吃，不要難過了」、「不哭就帶你／妳去遊樂園玩」）、忽略（「進房間去，等你／妳不生氣再出來」），或羞辱（「這麼大了還哭」、「愛哭不是男生」）等方式，強迫兒童接受成人不接納負面情緒的觀點。

兒童此時會收到一個明確的訊息：「負面的情緒是不被接納的，我們必須隱藏起來，自己處理。」然而，情緒處理是學習的過程。如果兒童的負面情緒長期不被接納，會造成他／她未來對情緒的自我調節出現困難。很可惜，無論是學校、家庭，還是社會，少有成人能鼓勵兒童面對負面的情緒，部分也是因為成人自身不懂得如何處理自身的情緒。

至於現代的文化鼓勵怎麼面對情緒呢？轉移注意，也就是快速地娛樂與回應。透過大量的訊息和物質，來抑制或減弱情緒本身的反應，無論是網路、藥物、購物或工作，都是轉移注意力的強大工具。

那麼，轉移注意力對我們有什麼幫助？例如，感覺到痛的時候，我們難道不應該吃止痛藥嗎？其實，應該視情況而定，痛的時候，應該找到傷口的來源，並給予適當的治療。止痛藥只是其中一種手段，它可以抑制痛苦，卻無法解決痛苦的來源，所以當知道有人正為用藥成癮或特定的成癮行為而困擾時，我會理解為他／她並非為成癮行為而困擾，而是他／她內心有太大的痛苦難以處理。這些痛苦在沒有得到接納前，他／她得依賴某個方式去抑制痛苦。

感受與接納情緒，才是處理情緒最根本的方法。

聆聽與接納他人或自我的情緒是一門學問，它必須透過學習和操作，才能循序漸進地接納情緒的發生與結束，尤其當情緒能量龐大時，保持理性和細膩的態度，給予自己或他人安撫，是件有相當難度的事情。

有些人會認為只有心理治療師才有這類知識。事實上，我認為最能接受情緒能量的不光是心理治療師，也包括我們身邊具有情感基礎的人，也就是家人和朋友。（當然，不要找會拒絕或扭曲你／妳情緒的朋友或家人傾訴，妳／你只會情感再次受創。）他們是最理解你／妳困難的人，也是最能給予你／妳支持的人。

如果他們無法理解，那也不用急。先找願意理解的人談談，總會找到方法述說那個難過的感覺。

陪伴與聆聽

童年遭受性侵的受害者，因長期處在受害情境中，並被身邊的加害人與成人持續地忽略、扭曲其受害的情況，使年幼的受害人可能會覺得說出自身受害的處遇與感受，是不被接納且會成為被排斥的對象。受害者會進一步封鎖自己，並再次確認處於沉默與被害的位置才是安全的。受害的兒童常會選擇獨自承受，直到無法負荷為止。

在這種條件之下，受害的兒童身上會出現特殊的處境：說出自己受害的情況，似乎比起受害本身更為致命、更令人害怕。相反地，只要保持沉默或持續被侵害的情況，就不會使身邊的人感到不安或反感。

受害的兒童會感覺到自己身上好像帶著一顆炸彈，必須小心翼翼，才不會被當作災害的來源。但發生在他／她們身上的，是成人施加在他／她們身上極端殘酷且扭曲的行為。這些行為所帶給他／她們的痛苦感受，被禁止表達、釋放，並常會被加害者孤立、忽略或意圖扭曲為正常，或扭曲為這是受害兒童應得的待遇。兒童在這種嚴苛的生存環境裡，會將這些非人性的對待，混淆為自己的一部分，將成人的錯誤歸咎於自己的錯誤，並帶著這種信念長大、成人。

在幫助一個兒童虐待下的倖存者時，理解及全然地接納他／她們的處境，是最重要的事情。一般人在談論性或痛苦的感受時，會自動產生迴避或轉移注意的反應，或被述說者的情緒所感染，而出現否定或恐懼的情緒。

述說的倖存者會喚起過去受害當下，遭受忽視與扭曲的回憶，而再次回到受害的感覺裡，並再度肯定這一切是自己引起的。這是受害者會遭遇的其中一種主要困境。事實上，聆聽者並不一定要做出什麼反應，光是陪伴與聆聽就會發揮療癒的效果。

另一種困境是，無論是童年的受害者或成年後的倖存者，都會感覺到說出自己真實遭受性侵的處遇及感受，會造成家庭的混亂、不和諧，似乎會背叛了家庭或家庭的象徵與價值。

但無論是受害者或倖存者，你／妳都應該知道：你／妳並沒有背叛任何人或價值。說出自己真實的遭遇和感受不是背叛，真正背叛人性的，是那些施加虐待於你

／妳身上的加害者及意圖掩蓋、忽略事實的成人。他們才是真正瘋狂的人，而不是你／妳。

一個長期忽略保護兒童的家庭，就像一個著火的家庭，而那火焰長期在傷害家庭裡的每一個人。說出事實與感受，就是在撲滅那曾經傷害過你／妳的火焰，而你／妳並不是那火焰，你／妳是被火焰傷害的人。你／妳有勇氣打破沉默，終結受害的循環。你／妳有權利得到理解與重視。

關係

對每一段關係的回應與決定，反映的是每個人在不同生存脈絡下所做的選擇，那些脈絡可能是：失功能的家庭；暴力、酗酒、吸毒、情緒困擾的父母或長輩；重男輕女的觀念；牢不可破的錯誤價值……等，在這些脈絡下造成的困境，會一直持續跟隨受害的兒童成長，成為受害者心裡龐大的負擔。

如果妳／你正在處於一段傷害的關係裡，你／妳必須尋找自己不再受傷害的方法。如果傷害能停止，你／妳就有時間來決定下一步該怎麼做。如果傷害無法停止，你必須思考怎麼遠離那些傷害你／妳的人。如果沒辦法離開，必須謹慎而積極地向外求援。

如果你／妳是安全的，那就是時候回頭理解你／妳曾經是如何受傷的，誰傷害了你／妳，這些事情對你／妳的意義是什麼。

如果你／妳感覺自己是安全的，可以不用急著改變自己身處的環境與關係，因為過去我們沒有機會選擇，而現在你／妳有，這個機會是珍貴而難得的。你／妳會希望自己做出一個明智的決定。

什麼是明智的決定？每個人的困境與生存條件不同，只有身處其中的自己，最清楚自己要的目標。過去在沒有資源、沒有機會、沒有能力和知識的狀況下，我們活了下來。我們不斷掙脫否定我們生存的難題，過去那個勇敢的小孩可以，我們必須相信未來一定也可以。

閱讀與知識會儲備我們面對與理解困境的能力，朋友的協助也會幫助我們理解不同的可能性。我們必須要有耐心去理解自己以及這個世界。

我們在困境裡嗎？那麼你／妳必須問自己，是否有人正在傷害自己？如果沒有的話，你／妳現在遭遇的困境是什麼。

我曾經讀到一個童年曾被父親性侵，成年後有三個孩子的母親。在經歷三次傷害性的婚姻關係，離婚之後，她自己一個人在庇護所裡完成心理治療，學會重拾自己的人生與信心，這時，她已經四十六歲。

人只要有意願，就有脫離痛苦的可能。再多的困境，我們一個個解決。

自戀的父母

有些自戀的父母會帶給自己的孩子極大的困難。其中一個原因，是他們不願意愛自己的孩子。

他們把自己的需求擺在孩子之前，同時，也認為孩子出生是為了滿足他們生理或情感上的需求。有時，他們會讓小孩承擔大人的責任，有時，他們會認為小孩是為了滿足他們情緒上安慰的工具。

只在乎自己的照顧者。

當小孩有需求時，他們會有各種的理由去逃避與否定小孩的需求。他們會用工作、興趣、家務、情緒等各種理由告訴小孩，不該干擾他們正在進行的事，並告訴小孩，這些事優先於他們的需求。

父母並非完美，有時無法滿足小孩每一刻的需要，是可以理解的。但這裡討論的父母，是會選擇漠視、沒有作為的態度去面對小孩。他們認為小孩出生就是他們的負擔。他們在心理上和情緒上長期拒絕去照顧小孩。有時會直接把小孩交給他人照顧，讓小孩長期處在沒有情感聯繫或具危險的環境中。

他們時常會選擇將照顧與保護小孩的責任，交給其他人來處理。他們希望小孩出生了以後馬上就會長大，會處理自己所有的需求，更重要的，是滿足他們的需求。

他們不願意付出愛，他們甚至不願意對小孩笑或觸碰小孩，他們將愛當作一種有限的資源。他們認為小孩才是要愛他們、照顧他們情緒的人。所以他們會要求小孩讓他們開心，但只要小孩有需求和情緒，他們會選擇拒斥或遠離。

有時他們無法逃離時，他們就選擇漠視。父母時常會在他們面前，強調父母照顧他們犧牲多少時間與機會，因為小孩的出生帶給他們多少困難，而父母付出這麼多，所以父母需要小孩的照顧與愛。

小孩會為了得到父母的肯定與愛，而不斷去努力符合父母的需求，但無論他們如何努力，他們還是會發現，他們無法滿足父母的需求或期待。

長期在這種環境下成長的小孩無法感覺到愛。父母讓他們感覺，他們是不被愛的。他們會在痛苦中掙扎，為何父母不愛自己，最後他們會怪責自己，認為得不到愛，是自己的錯，成為一個自我厭惡的循環。

孩子在這種愛的匱乏與父母的漠視（有時甚至是明顯的仇視）下成長，會對親密關係與愛的概念，產生深刻的困擾。他們會覺得被遺棄、孤獨、難以被理解。在遇到真正關心與愛他們的人時，他們會陷入疑惑與自我厭惡。他們會想起父母長期冷漠對待他們的方式，而在內心充滿嚴重的衝突與疑惑。

失落的童年與愛是無法追回的，但你／妳可以做的是尋求幫助。找回內心真實的感受，並在這些感受中重新理解自我，並尋求人生更自由與圓滿的選擇。

打破祕密

所有的加害者都希望你／妳保守「祕密」，因為只有在祕密的狀態下，他們才可以繼續加害或不受追究。而有些非加害者的知情者，選擇對兒童的受害保持沉默，以維護自身或加害者的利益，這是對受害者另一種更深遠的傷害。

對受害者而言，受到性侵就好像得到污名般的黑死病一樣，受害的人不敢說，其他人也不想面對，好像說出來，就會被受害者「傳染」一樣。

長期處於受虐情況下的受害兒童，在長期得不到資源與幫助的情況下，保持沉默一直是受害者的生存策略，以避免受到加害者生存上的威脅，所以在許多受害者必須在遠離加害的時空非常久遠之後，才能感到自己是安全的，也才會進一步考慮打破沉默。

理解受害者各種可能的困境，有助於幫助受害者跨出打破沉默的第一步。打破沉默並非終點，而是持續的過程。

很多受害者，包括我自己，在成長過程中，都試圖說出自己受害的狀況，但受害

謊言。

者的生存條件，很多時候是異常嚴苛的。

有時，他們被迫與加害者一起成長。加害者當然不可能考慮受害者的利益，受害者只會受到更多的威脅與扭曲。

有時，他們有冷漠的父母，認為這些事實只會讓家庭蒙羞，所以要求受害兒童保持沉默，讓受害兒童處於更深的無助裡面。

所以，當我們在談論一個讓受害者公開討論的環境時，除了考慮他們原有的困境之外，還必須建構一套支持的系統或人際網絡。在他們公開之後，知道自己是可以持續得到幫助與支持。

倖存者必須持續主動地去尋找、追求這些支持，在這過程中，重新學習與理解互信的可能性，才能打破過去受加害者孤立的固有模式。

要受害者打破沉默的第一步是非常困難的，這種無法打破沉默的困境來自各種因素。

每個受害者的脈絡差異很大，但同樣的是，我們都在掙扎尋找更好的出口，以脫離過去的傷害。

在這個過程裡，去觀察團體的動力與態度，試圖尋找可信任的個人或團體是很重要的，但卻無法一蹴可幾。對童年曾經遭受性侵的受害者而言（尤其是來自家庭、師長信任關係的性侵害），受害兒童對人的信任是被嚴重破壞的。這種安全感與信任感的嚴重傷害，即使到了成年，也無法自然復原。

在復原的第一步，說出來是聽來簡單的行為，但對性侵害的倖存者而言，卻必須面對長期的溝通與失敗經驗的累積，才有機會找到自己感到需要的資源與信任感。這種長期的失敗與無助，來自各種原因。有時是來自加害者的控制，有時是來自社會的冷漠或文化因素。

看到、理解這些令倖存者孤立的因素，我們就有機會思考，打破孤立，尋求盟友的機會。

無形的見證者

愛麗絲・米勒有所謂「協助見證者」的概念，意指在受虐兒童的成長過程中，給予幫助與心理支持的人。

我生命中最早的「協助見證者」是隻牧羊犬，牠叫「吉米」，是我威脅奶爸、奶媽要公開他們的惡行之後，他們帶回家裡安撫我情緒的狗。

一開始我很怕牠，但很快地，我和牠便建立起情感。從牠身上，我學會愛與同情。我的情感有交流的對象。一切的痛苦，也顯得比較沒那麼痛苦。吉米讓我知道，這世界上有善意的存在。即使在最痛苦的時刻，愛與信任仍存在於我身邊。

愛麗絲・米勒提出另一個概念，為受虐者成人之後，生命出現的「知情見證者」，意指知曉兒童受虐或缺乏照顧之後果的人。他／她會幫助這些有受創經驗的人，協助他們更加了解由於受創經歷所造成的傷害，讓已成人的受虐者，能感到更完整與自由。

我生命中第一個「知情見證者」是我太太。她協助我，釐清我混亂而痛苦的感受。每個漫長而令人難以忍受的痛苦回憶，她都會慢慢聽我一句句說完，並且表達她的同情和同理。然後告訴我：「你不應該經歷這些事。沒有一個小孩應該經歷這些事！」

因為她的支持，我有勇氣揭開一段又一段漫長的孤獨與哀傷的歷史，並全然地去體會成長時所無法承受的哀傷。有太太的陪伴，我誠心地開始進行這一段哀悼與埋葬殘酷童年的漫長旅程。

寫這本書時，我完成了內心深處一個難以實現的願望。

當幼年的我，在痛苦難以承受，或受到傷害，感到委屈，無法平復時，我希望這宇宙之間有雙超越時空的眼睛，記錄下惡人的惡行，見證無辜者的悲痛。那無形的見證者，為我感到哀傷，為我流淚。告訴我，那些傷害我的人是錯的。告訴我，我的淚水是真的，傷害孩子的成人是虛偽的。

閱讀這本書的你／妳，就如同無形的見證者。雖然，我們不能改變過去痛苦的回憶，但未來你我再見證另一個正在受苦的孩子與成人時，請不要轉頭。請看著他／她的雙眼，告訴他／她，這世界上仍有善意存在。

【後記】老公今年三歲

徐思寧（作者妻子）

不知不覺，三郎記起兒時被性侵的事情已一年半。在這段時間，他全心全意處理這個深刻的創傷，並把這些經歷寫成了這本書，希望能給予其他倖存者鼓勵和支持。我深深佩服他的勇氣和堅毅，因為寫下這些回憶，是很痛苦的歷程。

很多朋友親人叫我們要放下不愉快的回憶，往前看，不要被前塵往事所困擾。其實，我們也很想每天快快樂樂生活，忘記悲慘的事情。不過，我很快發現這是不切實際的幻想。不是說我們沒法再享受快樂的日子，而是童年性侵經歷，確實帶來非常長遠且嚴峻的影響，我們不得不花極大力氣，去撫平這個創傷。

三郎忘記了這段回憶三十年。我記得之前因有傭工叫小孩親她下體的新聞，我的朋友擔心聘請傭工照顧小孩是否安全，我跟三郎很深入討論有關幼兒性侵的預防及安全議題。他那時真的一點也記不起來，還很冷靜地給我不少建議。直到一段描述育幼院兒童寂寞與被虐待的文字，才不經意打開這封印三十年的記憶盒子。

剛回復記憶的當下，三郎說不出一個字，整個身體顫抖著，哭了很久很久。後來，他用很小很小的聲音告訴我，他小時候是在奶媽家長大，不是在家裡成長。自那天起，他慢慢跟我述說在奶媽家的寂寞、奶媽一家人的暴力對待、哥哥們的排擠與感情疏離、爸爸媽媽回憶的匱乏……我靜靜聽著，重新理解他的童年。

我對於三郎爸爸媽媽把小孩完全交託他人照顧的選擇，感到非常疑惑。我跟他分享我在研究所讀書時，理解到幼兒成長期間跟父母互動的重要，以及我與家人照顧姊姊孩子時的點滴。當時他還沒透露任何性侵的事。現在回想才理解到，三郎當時好像在考驗我是否能成為可信任的聆聽者。當我接納他兒時無法與父母同住的哀愁與寂寞，他才開始慢慢透露奶媽一家對他不當的身體與性互動。

一切的述說是那麼的謹慎和緩慢。我感覺到他不停觀察我對他的回應，憂慮我對他的看法。隨著三郎確認我對兒童發展與保護的立場，建立對我的信任，他所說事件之嚴重性也越來越超乎我想像。我知道我要保持冷靜和專注，因為過於害怕、抗拒與淡化的反應，會減低他敘述的意願。

當三郎回憶的片段一個個重現，當時我們實在是不知所措。我不知道下一步該怎麼辦。我害怕還有其他更恐怖的回憶。我不知道該如何理解這一連串事情。他經歷的事情，可歸類為性侵害嗎？我能肯定成人與兒童進行性交是性侵害，但強迫三歲幼兒觀看成人性交呢？青少年要求幼兒進行口交及撫摸性器官呢？

那時我很想與他人討論和請教，但三郎當時非常恐懼他人對他的想法，我也答應他不告訴其他人，所以我們便開始查閱相關知識，理解如何定義這個經歷。我們在閱讀《聯合國兒童權利公約》及兒童保護的相關書籍後，便能確定他小時候的照顧者引誘及強迫他從事性活動，是對他的色情剝削（sexual exploitation）及性侵害。當我們能確認面對的困難，給它一個正確名字，這童年創傷便不會被淡化或扭曲，並能開始一步步的療傷。

三郎剛回復記憶的那段時間，他整個人變得很不一樣。他變得非常怕生，不敢獨自一人，也害怕出門。那時，我像在照顧一個三歲的小孩一樣，要隨時把他帶在身邊，或要在他視線範圍內，他才安心。他會不停嚷著要吃冰淇淋，每次他想吃冰淇淋時，還會小心翼翼問我可不可吃冰淇淋。他會在網路上找回小時候擁有的玩具，透過螢幕觀賞良久。他找回陪伴他成長的卡通，並希望我能一起觀看。他喜歡用被子包著自己，露出一雙眼睛，靜靜坐在家裡的角落。

三郎像一個小孩一樣，在學習表達情緒和需求，重新理解原來哀傷、恐懼、憤怒、快樂、愉悅等情緒，是可被身邊重要的人知道和得到接納。他起初沒辦法流出眼淚。當他想哭時，鼻子只會很酸。後來我發現當我看著他的時候，他便會把眼淚忍下來。觸碰身體也會讓他立即隱藏所有情緒。他開始流淚時，也會立即用雙手大力擦乾，不讓他人看見他的眼淚。所以我便嘗試在三郎哀傷想流淚時，不直視他，但依然留在他身旁，而且不分心做別的事情，而他則閉起雙眼，讓眼淚留過面頰，不急著擦掉眼淚。

我知道我不是要替代他媽媽或爸爸的位置，但我得接納伴侶在復原期間的某些時刻，會回到經歷創傷的時間點，像一個三歲的小孩。他依然是我認識和深愛的生命夥伴，我們只是一起安撫童年時受創的小三郎，一起接納他所有情緒，給予他安全感與無限支持。

三郎在復原起初，出現嚴重的睡眠困難。他對睡眠感到焦慮，也擔憂無法入睡。他彷彿回到三歲時在奶媽家時的恐懼，害怕入睡後，奶媽奶爸會把他搖醒，強迫他參與他們的性活動。他會不停打電動或看電影，直至自己累倒，不能再睜開眼。一旦入睡，他則不停做噩夢，身體不時不自主抽動及用力磨牙，而且會不願睡醒來，好像怎樣也睡不夠。有時他睡太久了，我叫醒他吃飯或喝水，他便會生悶氣，不說話。後來我們才理解三郎不願醒來，是害怕醒來時奶媽會打他、把他關起來或對他做不好的事，所以他希望能一直睡到爸爸媽媽來帶他走。雖然三郎已離開傷害他的環境三十多年，但身體留下的恐懼依然要一段很長的時間，才能平復。

因為睡眠的節奏大亂，他吃的餐數變少，很難看到陽光，心情變得更不穩定，而且也越來越瘦。我嘗試了不少改善睡眠的方法，不過沒太大幫助。後來我直接問他需要什麼協助。三郎雖然不是每次都能直接說出自己的需求，但他開始思考和表達自己的需要。他後來希望我能哄他入睡，所以我參照我哄姊姊小孩入睡的經驗，幫他建立一些睡前小儀式，然後為他說床邊故事。我也為他朗讀兒童性侵復原的書籍。雖然有時會朗讀到天亮，但當他開始累積安心入睡的身體感覺，他的睡眠素質就得到明顯改善。

陪伴三郎的這段時間，我不時感到困惑。我擔心自己做錯、怕自己遺漏了什麼、怕自己說錯話。基於我的壓力與難過，三郎後來同意我跟家人述說他曾被性侵的經歷。每當我打電話給身處香港的家人時，他都會靜靜坐身旁聆聽，然後問我他們的反應。他擔心我的家人把他看為怪物和異類、質疑和否定他的回憶，以及批判他的人生。幸好我的家人給予我們高度的關懷和支持，沖淡我們很多難以消化的哀傷與難過。我的壓力也因家人的支持得到釋放。

後來，我們開始跟朋友說出三郎小時候的經歷。我們發現每次清楚說出被性侵的經歷，好像有療癒作用。而與其他倖存者的交流，更有難以言喻的支持與安慰作用。他不但更能接納自己的過去，掌握創傷的面貌，也漸漸減弱對自己的羞恥感，並理解原來說出真相，並不會毀滅世界。在過程中，我們也理解朋友、家人雖然會嘗試給予我們支持，但有些回應卻讓我們感到更難過和迷茫，所以我們也學會坦誠互動的同時，警覺具有傷害性的回應。

努力了一年半，我知道三郎仍有困難，心靈的傷口依然沒完全癒合。不過，三郎現在會笑、會哭、可說出感受，重拾人生掌控權。復原期間的努力與投入，並沒有白費。他每天都比過往好一點點。

無論你曾在童年經歷難過的過去，或你的伴侶、朋友童年曾遭遇性侵或其他不適當對待，希望你們理解復原的路雖然不容易走，但一旦決心走上復原的旅程，事情只會變得更好，而所有努力也是值得的。當找到方向，我們便可探索出路。

備註：文中的三郎，即為本書作者陳潔晧。

【編註】

孩子，你／妳並不孤單

——當遭受性侵時，可以求助的單位

・113保護專線（24小時全年無休）

以市話、公共電話或手機，皆可撥打之24小時免付費專線，或線上諮詢，網址為https://ecare.mohw.gov.tw/。
除國語及閩南語，另提供英語、越南語、泰國語、印尼語、柬埔寨語等5種語言的通譯服務。

【註】若有立即的人身安全危險，請先直接撥110報警，以保障您的人身安全。
資料來源：衛生福利部保護服務司

・財團法人社會服務勵馨基金會

電話：02-8911-8595／傳真：02-8911-5695
E-mail：master@goh.org.tw／地址：23143新北市新店區順安街2-1號1樓

・各縣市家庭暴力暨性侵害防治中心

衛生福利部保護服務司
(02)8590-6666／台北市南港區忠孝東路6段488號

台北市家庭暴力暨性侵害防治中心
(02)2396-1996或台北市民當家熱線：1999
台北市中正區新生南路一段54巷5弄2號

新北市政府家庭暴力暨性侵害防治中心
(02)8965-3359分機2306／新北市板橋區中正路10號3樓

台中市家庭暴力暨性侵害防治中心
(04)2228-9111分機38800／台中市豐原區陽明街36號3樓

台南市政府家庭暴力暨性侵害防治中心
(06)2988-995／台南市安平區永華路二段6號6樓

高雄市政府社會局家庭暴力及性侵害防治中心
(07)5355-920／高雄市苓雅區民權一路85號10樓

嘉義市家庭暴力暨性侵害防治中心
(05)2254321分機121／(05)2253-850／嘉義市東區中山路199號

嘉義縣家庭暴力及性侵害防治中心
(05)3620-900／嘉義縣太保市祥和二路東段1號

苗栗縣家庭暴力暨性侵害防治中心
(037)360-995／苗栗縣苗栗市府前路1號

南投縣家庭暴力暨性侵害防治中心
(049)2209-290／南投市中興路660號

雲林縣家庭暴力暨性侵害防治中心
(05)5522-560／雲林縣斗六市雲林路二段515號

屏東縣家庭暴力暨性侵害防治中心
(08)738-3283／屏東市自由路527號

新竹市家庭暴力暨性侵害防治中心
(03)535-23862分機602、603、605／新竹市中央路241號5樓

新竹縣家庭暴力暨性侵害防治中心
(03)551-8101／新竹縣竹北市光明六路10號

金門縣家庭暴力暨性侵害防治中心
(082)324-648／金門縣金城鎮民權路173號

連江縣家庭暴力暨性侵害防治中心
(0836)22381／連江縣南竿鄉介壽村76號

台東縣家庭暴力及性侵害防治中心
(089)348-419／台東市桂林北路201號

花蓮縣家庭暴力及性侵害防治中心
(03)822-7171／花蓮市府前路17號

澎湖縣家庭暴力暨性侵害防治中心
(06)9274-400／澎湖縣馬公市治平路32號

基隆市家庭暴力暨性侵害防治中心
(02)24201122／基隆市義一路1號

彰化縣家庭暴力暨性侵害防治中心
(04)726-3130／彰化縣彰化市中興路100號

宜蘭縣政府家庭暴力暨性侵害防治中心
(03)9328822／宜蘭縣宜蘭市同慶街95號

桃園市政府家庭暴力暨性侵害防治中心
(03)3322-111／桃園市縣府路51號6樓

國家圖書館預行編目資料

不再沉默／陳潔晧著. --初版. --臺北
市：寶瓶文化, 2016. 05
面； 公分. --（vision；134）
ISBN 978-986-406-052-8（平裝）

855 105005935

vision 134

不再沉默

作者／陳潔晧　繪圖／陳潔晧

發行人／張寶琴
社長兼總編輯／朱亞君
副總編輯／張純玲
資深編輯／丁慧瑋　編輯／林婕伃
美術主編／林慧雯
校對／張純玲・劉素芬・陳佩伶・陳潔晧
營銷部主任／林歆婕　業務專員／林裕翔　企劃專員／李祉萱
財務主任／歐素琪
出版者／寶瓶文化事業股份有限公司
地址／台北市110信義區基隆路一段180號8樓
電話／(02) 27494988　傳真／(02) 27495072
郵政劃撥／19446403　寶瓶文化事業股份有限公司
印刷廠／世和印製企業有限公司
總經銷／大和書報圖書股份有限公司　電話／(02) 89902588
地址／新北市五股工業區五工五路2號　傳真／(02) 22997900
E-mail／aquarius@udngroup.com

著作完成日期／二〇一六年三月
初版一刷日期／二〇一六年五月三日
初版四刷日期／二〇二〇年十二月二日
ISBN／978-986-406-052-8
定價／二六〇元

AQUARIUS 寶瓶 文化事業

愛書人卡

感謝您熱心的為我們填寫，
對您的意見，我們會認真的加以參考，
希望寶瓶文化推出的每一本書，都能得到您的肯定與永遠的支持。

系列：Vision 134　　**書名：不再沉默**

1. 姓名：＿＿＿＿＿＿＿＿　性別：□男　□女
2. 生日：＿＿年＿＿月＿＿日
3. 教育程度：□大學以上　□大學　□專科　□高中、高職　□高中職以下
4. 職業：＿＿＿＿＿＿＿＿
5. 聯絡地址：＿＿＿＿＿＿＿＿＿＿＿＿＿＿＿＿

   聯絡電話：＿＿＿＿＿＿＿＿　手機：＿＿＿＿＿＿＿＿
6. E-mail信箱：＿＿＿＿＿＿＿＿＿＿＿＿＿＿

   □同意　□不同意　免費獲得寶瓶文化叢書訊息
7. 購買日期：＿＿ 年 ＿＿ 月 ＿＿日
8. 您得知本書的管道：□報紙／雜誌　□電視／電台　□親友介紹　□逛書店　□網路　□傳單／海報　□廣告　□其他
9. 您在哪裡買到本書：□書店，店名＿＿＿＿＿＿　□劃撥　□現場活動　□贈書　□網路購書，網站名稱：＿＿＿＿＿＿＿　□其他＿＿＿＿＿＿
10. 對本書的建議：（請填代號　1. 滿意　2. 尚可　3. 再改進，請提供意見）

    內容：＿＿＿＿＿＿＿＿＿＿＿＿

    封面：＿＿＿＿＿＿＿＿＿＿＿＿

    編排：＿＿＿＿＿＿＿＿＿＿＿＿

    其他：＿＿＿＿＿＿＿＿＿＿＿＿

    綜合意見：＿＿＿＿＿＿＿＿＿＿＿＿＿＿＿＿＿＿＿＿
11. 希望我們未來出版哪一類的書籍：＿＿＿＿＿＿＿＿＿＿＿＿＿＿

讓文字與書寫的聲音大鳴大放

寶瓶文化事業股份有限公司

（請沿此虛線剪下）

廣　告　回　函
北區郵政管理局登記
證北台字15345號
免貼郵票

寶瓶文化事業股份有限公司收

110台北市信義區基隆路一段180號8樓
8F,180 KEELUNG RD.,SEC.1,
TAIPEI.(110)TAIWAN R.O.C.

（請沿虛線對折後寄回，或傳真至02-27495072。謝謝）